Lorenzo y el genio

Gael Solano

Tanto esta fantástica portada como los dibujos del interior son
cosa de:
Claysa Lopez

Dedicado a mis hermanos,
Verónica y Raúl,
porque mi infancia no habría
sido igual sin ellos.

1

Él no era ningún cobarde. Por mucho que en clase repitiesen lo contrario jamás sería cierto.

Sí, vale, había gritado asustado cuando aquella rata gigantesca había salido del gimnasio corriendo hacia él como un león hambriento, pero ¿quién no se hubiera sobresaltado con ese animal corriendo en su dirección?

Desde aquel día no habían dejado de fastidiarle asegurando que chillaba como una niña asustada en cuanto veía algún bicho.

Aunque eso iba a terminarse hoy. Les iba a enseñar de lo que estaba hecho.

Lorenzo apretó el bolsillo del pantalón para asegurarse de que el móvil aún estaba allí, mientras seguía escalando por la ladera de la montaña con cuidado. Tenía que ir despacio, si caía desde esa altura se haría muchísimo daño.

El pensamiento hizo que se agarrase más fuerte a la piedra en la que se estaba apoyando mientras intentaba ignorar los latidos acelerados de su corazón y se preguntaba si aquello merecía la pena.

Ya faltaba poco, pero ¿no sería mejor bajar?

«Lorenzo Lorenzón
chilla como un ratón
y si ve una cucaracha
ni de un árbol le bajas»

Aquella maldita rima le estaba volviendo loco. Encima, por si fuese poco, recordar la conversación que había tenido esa mañana con su padre en la que le aseguró que no necesitaba demostrar nada a nadie, le estaba haciendo enfadar; cómo se notaba que él no iba a estar en clase durante todo el año mientras sus compañeros reían y bailaban la estúpida canción.

Si tenía que elegir entre escucharles o enfrentarse a una cueva en la que habitaban fantasmas, la elección era clara. Así que tomó impulso y volvió a subir con calma.

Era de saber popular que en la cueva de las montañas, la que estaba más cerca de la cima y no la que había en la falda a medio camino, era donde vivían los espectros. Todo el mundo en el pueblo había oído en algún momento sus lamentos y se decía que si uno de esos seres te tocaba con sus frías manos, morías en el acto.

Así que cuando lograse subir y escribiese su nombre en la pared más profunda de aquel lugar, sacando una foto con su móvil para inmortalizar el momento, nadie podría negar que era el chico más valiente del pueblo; quizás del mundo.

A partir de ese momento su vida cambiaría para siempre. Ya podía imaginárselo...

Cuando uno de sus pies resbaló y cayó patinando chilló. Gritó moviendo las manos desesperado por no matarse y tuvo la suerte de agarrarse a un saliente antes de deslizarse del todo hacia el fondo.

Cuando se sintió seguro, respiró hondo varias veces intentando calmarse. Casi muere... había perdido la concentración y por un pelo no se había despeñado.

Si volvía a ocurrir...

Puede que soñase con ser un héroe, pero el camino hasta lograrlo iba a ser difícil; sobre todo teniendo en cuenta que ahora el cuerpo le temblaba tanto que de momento era imposible volver a subir.

Encima estaba sangrando del codo por un rasponazo que se había hecho al resbalarse, le dolían las piernas y el miedo le daba ganas de vomitar.

En un alarde de valor sin precedentes en su corta vida, miró hacia arriba calculando cuánto le podía faltar.

Diez metros. Quince a lo sumo.

En su estado actual, y temblando como seguía temblando, se le estaba haciendo cada vez más difícil el ascender. Puede que estuviese cerca, pero aun así necesitaba llegar a algún punto donde pudiese descansar.

Se negó a dejar escapar las lágrimas que habían comenzado a poblar sus ojos, mientras pasaba de una piedra a otra subiendo cada vez un poquito más.

Sentía el codo ardiendo.

¿Y si se lo había roto?

Lo movió. Dolía, pero podía moverlo. ¿Eso significaba que estaba roto o que no? La respuesta a esa pregunta la había oído mil veces en las películas, pero ahora no estaba seguro del todo de cual era; aunque estaba seguro que de no haberlo podido mover estaría en verdaderos aprietos tanto si estaba roto como si no.

Lo que necesitaba, lo que de verdad ansiaba, era sentir el suelo firme bajo sus pies.

Había sido una estupidez enorme pensar que merecía la pena subir hasta allí. Que algo tan trivial como una canción ofensiva merecía el jugarse la vida para *«demostrar su valor»*.

Tonterías. Ahora lo sabía. Aunque...

...Podía lograrlo.

Desechó todos los pensamientos que no tuviesen

que ver con su misión actual, y se esforzó en no repetir el error anterior. En cada movimiento que hacía, se negaba a soltarse hasta haberse asegurado de tener el agarre firme. Estaba convencido de que la adrenalina que recorría su cuerpo no era producto del miedo, sino de emoción por lo que estaba haciendo.

No encontró ningún punto en el que se sintiese lo bastante seguro cómo para detenerse a descansar y, a ese ritmo, tardó casi media hora en llegar hasta su destino. Pero cuando por fin lo consiguió, se atrevió a mirar hacia abajo.

Al instante se arrepintió de su ataque de osadía.

Había subido. Perfecto, un aplauso ahora que había logrado su objetivo; pero ¿cómo diablos iba a bajar?

—Bien por mí —susurró para sí mismo—. Seguro que cuando llame a los bomberos para que vengan a buscarme lograré que cambien la canción por algo heroico.

Su suerte no podía ser peor.

Le dolía muchísimo el brazo y desde abajo no le había parecido que la cueva estuviese tan alta.

Desde el suelo era como..., no sé..., más cercana.

Ahora, sin embargo, parecía que la simple idea de bajar era de locos.

Sacó el móvil del pantalón y se alegró al ver que no se había roto. Tenía cobertura. Lo único que tenía que hacer era llamar a su padre...

Como si eso fuese una idea brillante. Además ¿cómo iba a sacarle? No es que tuviese alas en la espalda o algún tipo de superpoder que le permitiese ayudarle. Lo más seguro era que se limitase a echarle la bronca mientras marcaba el teléfono de la policía y provocaba que todos en el pueblo se enterasen de lo que había intentado.

Entre eso, el disgusto que le iba a dar al comprender que había ignorado las miles de advertencias sobre ese lugar y que no tenía ganas de aguantar sermones de ningún tipo, llamar a su padre estaba descartado.

Miró hacia abajo imaginándose cómo sería caer al vacío. Un escalofrío recorrió su espalda al verse golpeándose una y otra vez contra las rocas a medida que llegaba hasta el suelo.

De manera distraída se pasó la mano por el codo dolorido. No estaba en su mejor momento, si necesitaba agarrarse fuerte a algún sitio ese codo le causaría problemas. Tenía que buscar otra salida.

Al girarse para mirar a la cueva le dio la impresión de que aquel agujero excavado en la roca era un monstruo impaciente por devorarlo.

—¡Hola! —El eco le devolvió el saludo provocándole un sentimiento de angustia—. ¿Hay alguien aquí?

Nadie contestó. Y si lo hubiesen hecho habría dado más miedo. Subió solo y tendría que bajar solo.

Por lo menos le quedaba el consuelo de que los IPhone venían con linterna integrada; ni se le había pasado por la cabeza traerse una de casa.

Enfocando el haz de luz en el suelo, a medida que sus pasos le adentraban en el interior de la cueva, fue echando miradas furtivas hacia atrás según avanzaba, como si aquella fuese la última vez que pudiese volver a disfrutar del sol.

Fue, tras el primer recoveco, al quedar todo en la más completa oscuridad, cuando sintió que el primer ramalazo de pánico se adentraba en sus entrañas y estuvo a punto de hacerle vomitar.

Aún estaba a tiempo de darse media vuelta y llamar por teléfono.

¿Que tenía miedo a las ratas? ¿Y qué? ¿A quién quería impresionar con este alarde de valor inútil? ¿A un montón de niños que se reían de él? Pues si se quedaba allí encerrado, ya vería lo mucho que les iba a impresionar la próxima vez que se cruzase con ellos.

Aunque bueno, tampoco tenía mucho sentido arrepentirse ahora que había subido. Lo mejor que podía hacer era concentrarse en el problema, tomar una decisión y hacer frente a la realidad.

Frente a él la oscuridad se abría retándole para que se diese la vuelta y a su espalda el barranco esperaba impaciente a ver qué tan diestro era con un brazo herido; incluso quedarse quieto era una opción que le hacía preguntarse cuándo tardaría en morir de hambre.

—No tengo miedo —mintió.

Además, era imposible que la cueva no tuviese por lo menos una segunda salida. Una que estuviese bien cerca del suelo.

Enfocando la linterna a sus pies para ver por dónde caminaba, se encontró, sin darse cuenta, en la primera bifurcación.

Sonrió.

Estaba seguro de que cualquier lugar que tuviese varios desvíos, a la fuerza, tenía que tener varios puntos de entrada. Solo era cuestión de coger el camino adecuado para salir de allí.

Giró a la izquierda.

Eligió ese camino porque la gente siempre iba a la

derecha y no sabía de nadie que hubiese salido de la cueva por una entrada secreta.

Aunque claro, si lo hubiesen hecho y dicho ya no sería tan secreta y, quizás, al ir por la izquierda, estaba yendo por el camino inadecuado.

Se quedó quieto sopesando aquella horrible posibilidad. Alumbró los dos lados del camino antes de preguntarse si no sería mejor regresar ahora que solo había avanzado unos metros...

Aunque ¿para qué? ¿Para bajar por una pendiente demasiado alta como para no partirse el cuello si se caía?

No. Lo mejor que podía hacer sería seguir adelante y ver a dónde llevaba esa dirección.

No tardó en descubrir que era a otro cruce similar al anterior. Volvió a coger el camino de la izquierda; más que nada porque si tenía que desandar lo que había hecho solo tenía que ir en sentido contrario para no perderse.

Llevaba más de una hora caminando cuando se cansó de ir a la izquierda y empezó a ir a la derecha. Quince minutos más tarde y cogió las direcciones al azar. Ni siquiera sabía cuántas izquierdas llevaba ni cuántas derechas había hecho para poder volver.

Habría sido buena idea irlas apuntando.

Cuando la luz de la linterna comenzó a parpadear estaba subiendo una cuesta arriba que no recordaba haber bajado. La batería estaba en las últimas y si con luz estaba perdido a oscuras...

Sintió un escalofrío cuando se dio cuenta de que no había dejado ni una nota en casa diciendo el lugar en el que estaba. Ni siquiera se lo había dicho a Mara, su mejor amiga. Había estado tan seguro de que no tardaría que...

La luz se fue.

Quedó todo tan oscuro que por un instante Lorenzo no supo reaccionar. Tan solo veía el suelo y al segundo siguiente, no.

Un dolor en el pecho le asaltó y aunque un grito quería escapar de sus labios, lo más apremiante ahora mismo era respirar. Se sentía como si de pronto todo el aire de la cueva se hubiese esfumado al apagarse la linterna.

El pánico se estaba abriendo camino por su mente a pasos agigantados y si no se estaba volviendo loco era porque una parte de su cerebro le susurraba que mirase a su alrededor. Que observase con atención.

Pero ¿el qué?

Todo estaba en la más completa oscuridad. Todo, salvo un agujero en la pared tan pequeño que parecía ser solo parte de un sueño. De aquel hueco, no más grande que el grueso de su dedo meñique, salía un brillo que parecía burlarse de las tinieblas.

El orificio estaba al nivel del suelo y lo habría pasado por alto si en esos momentos no se hubiese ido la luz. Era como si una providencia divina hubiese querido que no se quedase allí dentro, deambulando, para siempre.

—¿Hola? ¿Alguien me oye?

Solo el silencio le respondió.

—Me he perdido, necesito ayuda para salir. —Pegó la oreja a la pared en un intento de captar algún sonido—. ¿Alguien me escucha?

Ninguna respuesta podía dar tanto miedo como no obtener ninguna.

—No voy a morir aquí dentro —se prometió—. Ni

de broma voy a rendirme.

Allí había luz y donde hay luz hay vida. Estaba seguro. Estaba tan seguro que, cerrando los ojos, le dio una patada a la pared con todas sus fuerzas.

Sabía que era el pánico el que le hacía sentirse tan desesperado y el que le obligaba una y otra vez a golpear la pared como si pudiese tirarla. Tuvo suerte, no era de roca sólida.

Cuando cayó el primer trozo de piedra gritó jubiloso aumentando su esfuerzo. Sentía calambres recorriendo los huesos de sus extremidades, pero no iba a parar. No quería detenerse hasta estar seguro de que podía salir de allí.

Con mucho esfuerzo, consiguió abrir un agujero lo bastante grande como para poder pasar.

—¿Hola? —preguntó una vez más sin esperar respuesta—. Voy a ir al otro lado. Si eres el fantasma, por favor, no te asustes y no te enfades; solo es que estoy perdido.

Esperó un par de segundos para ver si alguien le contestaba y, ante el silencio sepulcral que le rodeaba, se decidió a reptar por el suelo como si fuese un gusano. Pensó que sería fácil, pero le dolía muchísimo el codo cuando lo movía y ahora, además, la pierna la sentía inflamada y pesada dificultándole todo; aun así, la esperanza le hizo creer que si se sobreponía a todo eso tendría una oportunidad.

Cuando al fin salió por el otro lado de la pared se sintió como un guerrero victorioso.

—¡Lo logré! ¡Lo he logrado!

Tardó un momento en acostumbrarse a la repentina luminosidad que había allí dentro. Aunque ahora, que había eludido a la muerte, tenía tiempo.

Al fin, de manera tímida, se apartó las manos de los ojos dispuesto a ver dónde se había metido. Nada sería peor que la oscuridad a la que se había enfrentado. Sin embargo, no estaba preparado para el lugar que había descubierto.

De una sombría cueva había pasado a una habitación grandiosa llena de libros. No era alta, era altísima. En el centro de la estancia una hoguera alumbraba el lugar dotándolo todo de un calor mágico y agradable que templaba su cuerpo.

Junto a la cama, situada a una distancia prudencial del fuego, una mesa llena de comida le atraía un sin fin de buenos olores que obligaron a su estómago a rugir, protestando por el poco caso que le había hecho hasta ahora.

—¿Hola? ¿Hay alguien aquí?

Nadie le respondió.

Con reticencia, Lorenzo, se acercó a la mesa donde la tentación en forma de patatas fritas le estaba llamando a gritos.

—Supongo que si cojo una no se enterará nadie.

Alargó la mano. Nada, ni siquiera los caramelos más dulces, le habían sabido tan ricos como le supo aquella patata. Era la diosa de todas las patatas fritas del mundo, el manjar de los manjares, la supremacía de la cocina hecha comida. Tras la primera cogió una segunda, una tercera y cuando llegó a la cuarta se sentó en la silla para disfrutar del improvisado banquete.

Jamás nada le había parecido tan sabroso como le estaba sabiendo todo aquello. Hasta el agua, que había en una jarra dorada que parecía hecha de oro, tenía un sabor increíble. Era impresionante. Aunque todo le pareció poco cuando untó el dedo en la tarta de chocolate que presidía el centro de la mesa.

La textura sueva y esponjosa, y el gusto dulce sin llegar a ser empalagoso, le hicieron gemir de placer. Estaba seguro de que ni siquiera el mejor chocolate sabía tanto a chocolate como en aquella tarta.

Estaba repitiendo el segundo trozo cuando una voz a su espalda detuvo la cuchara a punto de entrar en su boca.

—¿Se puede saber quién eres y por qué te estás comiendo mi comida?

2

El chico que había hablado debía tener doce, trece años a lo sumo. Vestía una especie de túnica de color marrón que cubría todo su cuerpo. Por debajo de ella mostraba unas extrañas zapatillas, de un color morado chillón, que no tenían cordones.

Era un poco más bajo que él, pero parecía más fuerte y por la forma en que le miraba, daba la impresión de que estaba muy enfadado.

—Te he hecho una pregunta —dijo con aquella voz imperiosa.

Lorenzo miró con lástima la tarta antes de volver a poner el plato en la mesa y mostró cara de arrepentimiento.

—Me he perdido. Tenía mucha hambre y...

—Entonces has entrado aquí y has pensado que mi comida era lo bastante buena para que mereciese la pena quitármela —le interrumpió.

—¡No la he robado! —protestó—. Es solo que tenía mucha hambre.

—Entonces ¿me la vas a pagar?

No tenía dinero. Y si decía eso parecería una excusa ridícula.

—Lo siento. Solo quería comer una patata frita, pero estaba todo tan rico qué...

El chico le cortó con un movimiento de su mano izquierda.

—Supongo que no pasa nada. Siempre puedo hacer más. ¿Cómo te llamas?

—Lorenzo ¿y tú?

—Ablaima Hamid Ganivet Jalaitl. —Al ver cómo el chico se le quedaba mirando con la boca abierta le

dirigió una leve sonrisa—. Aunque la gente me llama Hamid.

Lorenzo asintió. Miró con nostalgia el trozo de tarta que había dejado sobre la mesa antes de, suspirando, volver a preguntar.

—¿Qué lugar es este?

El muchacho sacó el pecho orgulloso.

—¿Te gusta? Es mi casa, aquí es donde vivo.

Sin atreverse a mirarle de manera directa, Lorenzo, echó otro vistazo al lugar.

—Tienes muchos libros.

—¿Y eso es bueno o malo?

—Raro. Pensé que ya nadie leía.

—La televisión hace estragos en la mente de los jóvenes, pero aún hay gente inteligente a la que le gusta la lectura. A ti ¿te gusta leer?

—Si respondiese que no ¿no sería como decirte a la cara que no soy inteligente?

Hamid asintió complacido.

—Cada cual es como es.

—Y tú ¿cuántos de estos libros te has leído?

El chico pasó sus manos por la túnica moviendo los dedos como si contase mentalmente.

—De izquierda a derecha, veinte mil trescientos setenta y cuatro.

Impresionado, Lorenzo abrió la boca sin saber si debía creerle.

—Es imposible. ¿Lo dices en serio?

Que dudasen de él pareció ofenderle.

—¿Por qué iba a mentirte?

—No sé —respondió con un encogimiento de hombros—. A lo mejor es que intentas impresionarme.

—¿Te he impresionado?

—Si lo que has dicho es verdad, sí, mucho.

El muchacho sacó una de sus manos por la manga de la túnica y la movió restando importancia.

—Tú me has preguntado y yo respondí. No necesito impresionar a nadie. Me gusta leer cuando estoy aburrido.

Aquella era una respuesta tan buena como cualquier otra. Aunque no veía ninguna escalera cerca y Lorenzo se preguntó cómo lo haría para llegar a las zonas más altas.

—¿Cuánto has tardado?

Hamid arrugó la nariz sin entender a qué se refería.

—¿Cómo?

—En leer todos estos libros. Debes de haberte aburrido muchísimo.

En toda la conversación ese fue el primer momento en que notó como aquel chico apartaba su mirada.

—¿Y tú qué haces aquí?

Una parte de Lorenzo le susurró que mintiese y dijese algo para dejarle impresionado, aunque la ignoró.

—Me perdí. Estas cuevas son un auténtico laberinto.

—¿No lo sabías antes de meterte en ellas?

—Sí —reconoció avergonzado.

—¿Y para que entraste?

—Quería demostrar qué soy un valiente.

—¿Cómo?

—Poniendo mi nombre en lo más profundo de la cueva.

A la vez que le escuchaba, Hamid, asintió con la

cabeza mientras arrugaba la nariz.

—¿Quién lo iba a ver?

—Mis compañeros de clase.

—¿Ellos iban a entrar a la parte más profunda de este laberinto para ver tu nombre en una pared? —No se molestó en disimular el tono irónico de la pregunta.

—No, supongo que no.

Ese detalle se le había escapado a su fantástico plan.

—Entonces te has perdido aquí por nada.

La sola idea de que había vuelto a meter la pata molestó muchísimo a Lorenzo, que levantó la voz un poco más de lo necesario.

—Claro que no, cuando llegase a la parte más profunda iba a escribir mi nombre y sacar una foto con mi móvil para que todos la viesen.

De pronto, las facciones de Hamid se iluminaron.

—¿Tienes un móvil? ¿Me dejas verlo?

Por un instante Lorenzo no supo que responder, aunque supuso que no pasaría nada por dejárselo.

—Ya no tiene batería —le informó mientras se lo dejaba—. La gasté toda con la linterna.

El chico asentía distraído mientras examinaba el IPhone como si nunca hubiese visto uno.

—¿Y con esto puedes sacar fotos?

—Si tiene batería sí.

—Pero tengo una pregunta... —Por un momento dio la impresión de que se sentía culpable y dudó antes de hacérsela—... , si nadie iba a entrar en la cueva, ¿por qué no sacaste una foto a una pared cualquiera con tu nombre en ella?

Porque no se le había ocurrido.

—Sería de cobardes hacer trampas —protestó

mientras examinaba el lugar intentando con todas sus fuerzas evitar mirar el trozo de tarta—. Y tus padres ¿dónde están?

—Vivo solo —respondió devolviéndole el móvil.

No podía estar seguro, pero Lorenzo habría jurado que había muchísima nostalgia por la forma en que había hablado.

—¿Eres huérfano?

Al instante se arrepintió de haberse mostrado tan insensible, pero Hamid no dio muestras de haberse ofendido por la pregunta.

—No. Tan solo me dejaron aquí para que madurase. Es lo normal.

Aquello le pareció horrible a Lorenzo. ¿Lo normal para quién? A su padre había tenido que mentirle para poder irse hasta ahí él solo. Aunque no estaría mal que de vez en cuando le dejase tranquilo para que «*madurase*».

Miró a su alrededor con cierta envidia. De tener un sitio para él solo, invitaría a sus amigos y haría una gran fiesta.

—¿Hace mucho que vives aquí? No te había visto por el pueblo.

De nuevo le dio la impresión que el chico esquivaba su mirada.

—Hace mucho que no voy a ningún sitio. Me cansé de la gente. Me prometí no salir nunca más de aquí dentro.

—Con tantos libros... —Lorenzo echó un vistazo a las estanterías preguntándose lo que haría él mismo si pudiese leerlos con calma—. Estarás ocupado una eternidad.

—Esa es la idea.

—¿Y qué haces cuando tienes ganas de salir?

Hamid se encogió de hombros.

—Nunca tengo ganas de salir. La gente es mala y no me gusta. Prefiero estar aquí dentro.

—¿Solo? —preguntó sin poder creérselo—. Es demasiado aburrido.

—A veces es lo mejor. Cómo dice el dicho: «El mundo está lleno de lobos».

—No todos somos malos —protestó Lorenzo ofendido—, yo soy muy guay.

—Tanto que te perdiste en esta cueva.

Esperaba que la luz de la hoguera no revelase lo rojas que se le estaban poniendo sus mejillas ante aquella afirmación.

—Eso fue un error de cálculo.

—Y tanto...

Tenía que desviar el tema. Bastante se habían reído con lo de la rata para que encima aquel chico tan raro le dijese a alguien que se había perdido.

—¿Has visto al fantasma? —preguntó.

—¿A qué fantasma?

Lorenzo abrió la boca como si no pudiese creer que alguien no hubiese oído hablar del espectro.

—El monstruo de las cuevas. Es famoso en el pueblo entero.

—Aquí no vive ningún monstruo. Solo yo.

Como si aquella afirmación tuviese algún tipo de trampa, Lorenzo se acercó mucho a él para mirarlo más de cerca.

—Tú no pareces un fantasma.

—Yo no soy un fantasma —afirmó Hamid.

—Y ¿estás seguro de que aquí no hay fantasmas?

—Sí. Me mudaría de inmediato si hubiese

fantasmas.

Por la expresión de Lorenzo no sabía si ese dato le aliviaba o le fastidiaba.

—Pues en el pueblo todos tienen mucho miedo de subir aquí arriba.

Ni siquiera el llevarse la manga de la túnica a la boca evitó que se le asomase una sonrisa maliciosa a Hamid.

—No hay fantasmas, pero puede que alguien hiciese creer a unas cuantas personas que había algo sobrenatural.

—¿Te refieres a ti? —Hamid se encogió de hombros ante la acusación—. ¿Y por qué harías algo así?

—Para que me dejasen en paz. Estaba cansado de que todo el mundo viniese a molestarme y me pareció muy divertido en su día. No creí que la broma durase mucho tiempo.

Que los fantasmas existían en aquel lugar era algo que le decían a su abuelo cuando este era tan solo un niño. Era imposible que...

—¿Cuándo hiciste esa broma?

—Hace mucho.

—¿Cuánto?

—Muchísimo tiempo.

—¿Más de dos meses?

—Sí.

—¿Más de dos años?

Hamid se mordió el labio como si no fuese a contestar.

—Sí —concedió al final.

—¿Más de diez?

—Unos doscientos... —Se quedó unos segundos

calculando antes de proseguir—. Doscientos cincuenta años, quizás. Sin un calendario actualizado es difícil de calcular.

Aquello era imposible. Aquel chico no aparentaba más de doce, quizás trece años. Debía estar mintiendo. Se estaba burlando de él.

Aunque algo le decía que...

—¿Eres un vampiro?

—¿Cómo?

—Ya sabes... un chupasangre de esos que odian la luz del sol y que van por ahí mordiendo la yugular a la gente. Están muy de moda últimamente.

—Te has comido mis patatas. ¿A los vampiros les gustan las patatas y las tartas de chocolate?

—No lo sé, no conozco ningún vampiro.

El suspiro de Hamid estaba lleno de paciencia.

—No, no soy un vampiro —concedió.

—Entonces ¿cómo es que tienes más de doscientos años si pareces un chico de mi edad?

Se mordió el labio antes de responder.

—Es que... yo... —titubeó—. Soy un genio.

Lorenzo le miró extrañado.

—¿Un chico muy listo? ¿Por eso te escondes?

—No, no, un genio. Ya sabes, un ser legendario y mágico lleno de poderes.

—¿Como el de Aladdín?

Siempre igual. Hamid no podía decir a nadie la palabra genio, sin que alguien le comparase con aquel miembro descarriado que se dejó plasmar en una historia. Cuánto daño había hecho el libro de *«las mil y una noches».*

—Parecido —respondió—. Tan solo que ese genio hizo creer al mundo que se nos podía encerrar dentro de lámparas mágicas. No te imaginas lo que se reía cada vez que veía a las personas frotando esos viejos cachivaches como locos.

—Entonces ¿los genios no concedéis deseos?

Ahí estaba la eterna pregunta. Encima no podía mentir ni engatusarle. Hamid casi se arrepintió de haber comenzado la conversación.

—Sí. Un deseo por persona. ¿Es ahora cuando vas a pedirme lo que quieres?

Algo en la forma de pronunciar esa frase dio a entender a Lorenzo que su nuevo amigo estaba empezando a estar molesto.

—¿Qué te pasa? ¿Por qué te has enfadado?

—Porque todos los humanos sois iguales. Unos egoístas, que solo pensáis en vuestros anhelos como si no hubiesen cosas más importantes en la vida que vuestros propios deseos.

—Pero si no te he pedido nada... —protestó Lorenzo asombrado.

—Pero lo harás. Yo te concederé tu deseo y luego se te ocurrirá otro y cuando te diga que no es posible concederte dos, te enfadarás conmigo y me torturarás o llamarás a alguien para que lo haga, y no tengo ganas de aguantar otra eternidad así.

—Yo solo tengo doce años, no pienso torturarte.

Hamid bufó.

—¿Te crees esa excusa? Además, puede que no lo hagas hoy, puede que tampoco mañana, pero lo harás cuando quieras algo que no seas capaz de conseguir por ti mismo, y entonces yo sufriré y tendré que volver a mudarme. —Miró a su alrededor con tristeza, como si ya hubiese llegado ese momento—. Me gustaba este sitio.

—Pero si no te he hecho nada. Acabamos de conocernos, aun así te garantizo que no pienso hacerte daño —se excusó.

Aquellas palabras parecieron apaciguar a Hamid que le miró con esperanza.

—¿Lo prometes? —preguntó.

—Claro que sí.

—¿Ves? —chilló enfadado—. Aparte de torturarme ahora me mientes.

Por la forma en que comenzó a pasear por la cueva, más parecía ser un loco peligroso que un genio.

—Hagamos una cosa —le pidió Lorenzo—. Para que veas que no tengo intención de abusar de tu confianza, ni siquiera desearé nada. Solo quiero que seamos amigos.

Como si aquello fuese la cosa más rara que hubiese oído en su vida, Hamid se volvió arrugando su nariz al mirarle.

—¿Me quieres hacer creer que nunca, jamás, vas a pedirme nada?

—Es un trato. Además, ya tengo todo lo que quiero.

Aquello arrancó una risotada a Hamid.

—Nadie tiene todo lo que quiere.

—Yo sí, y si no lo tengo aún es porque no lo necesito, así que no te voy a molestar para que me lo consigas. ¿Tenemos un trato?

No es que fuese la cosa más rara que hubiese oído en su vida, es que era la locura más grande que nadie le había dicho a la cara.

Lo peor era que encima aquel humano estaba frente a él, con la mano extendida como si estuviese hablando en serio.

La experiencia le decía que debía rechazar aquella proposición y mudarse a otro lugar si no quería que la gente abusase de su poder. Debía huir, escapar a un lugar donde nunca nadie le encontrase. Pero, una parte muy profunda de sí mismo, quería creer en lo que oía.

Él era un ser hecho de magia pura, un imposible encerrado en una realidad que quería aplastarlo y utilizarlo. Aun así ¿acaso no podía soñar con la amistad?

Se dijo que debía ser culpa de todos esos libros que había leído, o de los años que había estado allí encerrado a solas, porque aquella idea no le pareció tan mala como su cerebro le gritaba que era.

—Trato hecho —concedió con un fuerte apretón.

3

—Si quieres que esto funcione en serio tienes que atenerte a unas reglas —le informó Hamid con la cara muy seria—. Por ejemplo, no puedes usar la palabra *deseo,* nunca, jamás, bajo ninguna circunstancia. Si lo haces, aunque solo sea una vez, cogeré mis cosas y me iré. Nunca más volverás a verme.

De manera descuidada Lorenzo cogió una patata frita y se la llevó a la boca. Aunque le parecía imposible, no solo seguía estando caliente, sino que además seguía siendo increíble.

—¿A todos los que conoces les exiges reglas antes de ser tus amigos? —preguntó.

Como si una flecha le hubiese alcanzado el corazón, el genio retrocedió un paso.

—Nadie quiere ser nunca mi amigo. Por eso me escondí aquí. Aquí dentro no me hacen daño ni me obligan a cumplir deseos estúpidos.

—¿Por qué simplemente les dices que no cuando te pidan algo y ya está? Sería más sencillo.

—Porque no puedo.

Aquello despertó la curiosidad de Lorenzo, que por primera vez dejó a un lado las patatas.

—¿Por qué? Es tan sencillo como decir: No me da la gana, vete a tomar viento fresco.

La risa de Hamid menguó parte de la tristeza que tenía en la cara cuando habló.

—Esa es la maldición de ser un genio joven.

—¿Cuál?

—No podemos negarnos nunca a nada. Cada vez que una persona dice «*deseo o desearía que...*» tenemos que cumplirlo sea lo que sea.

—¿Por qué? —preguntó Lorenzo con curiosidad.

—Es un rollo de magia y antepasados. Seguro que no te interesa.

—Sí, sí —contestó con rapidez el muchacho—. Me encantan las buenas historias.

El genio le miró dubitativo. Aquel chico, para ser un humano, le caía bien. Se mordió el labio inferior y dejó que su voz sonase.

—Según me contaron, hace mucho tiempo los genios no estábamos atados a ningún tipo de poder ni de magia. Vagábamos libres por el universo y nuestra palabra se hacía realidad con tan solo soñar. Construíamos mundos y los destruíamos como si fuesen juguetes sin importancia...

—¿Y qué pasó? —le interrogó Lorenzo hechizado.

El chico se encogió de hombros mirando hacia el suelo.

—Nadie lo sabe. Tan solo fuimos castigados por alguien con un poder mayor que el nuestro. Todos nosotros nos volvimos niños y nos quedamos encerrados en este mundo sin que ninguno fuera capaz de desarrollar su verdadero potencial. Y eso no fue lo peor.

—¿Qué fue lo peor? —preguntó Lorenzo atrapado por la historia.

—Los deseos. Cada vez que alguien decía: *desearía que...* automáticamente teníamos que concedérselo. No teníamos opción a negarnos. Ni siquiera podíamos mentir a nadie de manera directa y eso hizo que fuese imposible escondernos y que la gente acudiese en masa a vernos. Fue horrible.

—¿Por qué?

—La gente solo quiere cosas malas. Imagínate ser

el culpable de todas las desdichas de un pequeño pueblo, de una ciudad, de una gran nación.

—Pero es que también hay personas que son buenas —protestó el joven sin fuerza—. No todos deseamos cosas malas.

Los ojos verdes de Hamid se clavaron en él con una medio sonrisa torcida.

—Tienes razón. No todos son malos. Sólo el noventa y nueve coma nueve por ciento de la población. Ese cero coma uno nos ayudó a descubrir que si concedíamos tres deseos puros podíamos ascender.

—¿Tres deseos puros?

—Sí. Tres deseos que no afecten a esa persona de ninguna forma y que fuesen buenos de corazón.

—Bueno, no suena muy complicado.

—¿Qué prefieres tener una Play 4 o que la tenga tu amigo?

Aquella era una pregunta tonta.

—Yo —respondió Lorenzo sin dudar.

—Pues como tú, son todos. Nadie es lo bastante gentil como para pedir algo bueno hacia otra persona que no le afecte a él directamente. Por eso me hice a la idea de que jamás seré un genio adulto. Por eso me encerré aquí. Si estoy solo, por lo menos no tengo que seguir adelante con esta tortura. La gente no es buena. La gente hace daño y nos obliga a hacerlo a nosotros.

Oírle tan trágico no le gustó a Lorenzo, que se daba cuenta de que la crueldad había dejado una gran cicatriz en el alma de aquel ser.

—No seré como todos. —prometió. Hamid levantó la comisura de sus labios en un amago de sonrisa, pero no le importó—. Es más, quiero que me acompañes a casa. Te invito a cenar.

Aquello sorprendió al genio.

—Pero si tengo comida más que de sobra aquí dentro.

Recordar el sabor de la tarta de chocolate hizo que las papilas gustativas de Lorenzo segregasen más saliva de la necesaria, aunque aquello no iba a nublar su juicio.

—Creo que lo que te está matando es estar aquí encerrado tú solo.

—¿Y qué me aconsejas?

—Deberías dar una nueva oportunidad a las personas. Has pasado mucho tiempo aquí, aislado, y el mundo ha cambiado. ¿Qué te parece si vienes conmigo y me dejas enseñártelo? Podría presentarte a mis amigos... No les diré que eres un genio. Podrás vivir en tu propia piel todo lo que siempre soñaste cada vez que abrías uno de estos libros.

La tentación estaba llamando a Hamid a su puerta con golpes sonoros. A pesar de eso, el miedo todavía estaba presente. Su pasado le tenía apretado el corazón con un miedo y un rencor que le asfixiaban.

Ni un día más, se prometió.

Miró a Lorenzo con expresión seria y respiró con fuerzas reuniendo el valor necesario para lo que iba a hacer. Con un rápido movimiento de su mano derecha chasqueó los dedos.

4

—¡Levántate o te levanto! —sentenció Steve, el padre de Lorenzo, desde la cocina—. ¡No pienso permitir que desperdicies todo el día tirado en la cama!

Aquel grito sobresaltó a Lorenzo que se sorprendió al despertarse en su propia cama.

—¿Todo ha sido un sueño? —preguntó a la par que miraba a su alrededor como si aquello estuviese mal—. Es imposible. Yo esta noche tenía que estar...

—¡Levanta o subo!

La voz severa de su padre le quitó aquellas tonterías de la cabeza.

—¡Ya voy! ¡Ya me he despertado! —Luego, para sí mismo, añadió—. Qué pesado eres cuando quieres.

Estiró los brazos todo lo que le dieron de sí desentumeciendo sus agarrotados músculos antes de ponerse en pie. Puede que lo que había pasado la noche anterior solo hubiese sido un sueño, pero los pinchazos en forma de agujetas que le recorrían el cuerpo dolían como si hubiese sido real.

Un pensamiento furtivo penetró en su mente y se agarró el codo para mirarse.

Allí estaba.

Si lo de la noche anterior había sido solo producto de sus fantasías... ¿cómo es que tenía aquel roce en el brazo?

Puede que...

—¿Quieres bajar de una vez?

Lorenzo se mordió el labio para no lanzar la réplica que le había subido a su boca.

Un año. Su padre llevaba enfadado con el mundo

todo un año. Y puede que al mundo le diese igual que un hombre de apenas cuarenta y seis años, más bueno que el pan y que jamás había gritado a nadie, estuviese molesto con él desde hacía más de trescientos sesenta y cinco días, pero a él le complicaba mucho la vida.

Todo era mucho más fácil antes. Si tuviese un reloj para viajar en el tiempo lo usaría para...

No quería pensar en eso. No debía hacerlo si no quería bajar a desayunar con esa cara con la que su padre odiaba verle. Tenía que concentrarse en sonreír para dar lo mejor de sí mismo.

Su madre siempre andaba diciendo eso de «*Ríe y el mundo reirá contigo; llora y llorarás solo.*» No recordaba qué poeta lo había dicho a principios del siglo XX, pero sí que le había explicado que lo que significaba era que nadie quería estar al lado de alguien que está afligido.

Su padre no estaba triste. Solo furioso. Y eso era mucha ira acumulada con la que Lorenzo tenía que tratar a diario.

Empezó a vestirse con un nuevo grito y preparó la mochila con desgana antes de bajar a desayunar.

—Buenos días —le saludó Steve en cuanto vio que aparecía por la puerta—. Deberías madrugar más y levantarte antes.

Y que le despertasen sin gritos también ayudaría a mejorar el día. Pero no iba a decir eso. Era inútil. Ya lo habían hablado en un millón de ocasiones con disculpas, reproches y repeticiones.

En lugar de eso, cogió el bol de cereales que le ofrecía su padre y lo llenó hasta arriba de leche.

—¿Qué tal has dormido? —preguntó Lorenzo metiéndose la primera cucharada en la boca—. ¿Has descansado algo?

—Algo. —El suspiro cansado que brotó de labios de su padre daba a entender que no mucho.

—¿Y qué harás hoy?

—No sé.

El desayuno, a medida que el incómodo silencio se desplegaba entre ellos, se hizo eterno. Era tan horrible que Lorenzo, para romperlo, comenzó a hablar sin pensar.

—Ayer soñé con que encontraba a un genio viviendo en las cuevas de las montañas. Y que...

—¿Qué te tengo dicho de las cuevas?

El grito le pilló tan de sorpresa que el chico se quedó con la boca abierta.

—Solo fue un sueño...

—¡Pues ni siquiera soñando quiero que vayas por ahí! ¿Te ha quedado claro?

Como si los cereales fuesen la cosa más fascinante que hubiese sobre la tierra, Lorenzo bajó la vista y no se atrevió a levantarla en ningún momento.

—Lo siento —se disculpó su padre—. Es tan solo que...

—Lo sé —le cortó el muchacho levantándose—. No pasa nada, no te preocupes; pero te dejo, que he quedado con los amigos.

El hombre asintió mirando el hueco vacío en la mesa como si allí hubiese algo interesante, permitiéndole escapar a toda velocidad.

«Ríe y el mundo reirá contigo; llora y llorarás solo.»

Cada día que pasaba Lorenzo entendía mejor esas palabras.

5

El día era demasiado perfecto para estar ya en noviembre. El frío típico de estas fechas parecía haberse mudado de vacaciones y el sol brillaba radiante y feliz en un cielo sin nubes.

Sus cuatro amigos, que estaban esperándole en la misma esquina de siempre, se entretenían dándole patadas a un balón pasándolo entre ellos.

—Siento el retraso —se disculpó nada más aparecer—. Mi padre se enrolló.

—No pasa nada —concedió Marangely, la única chica del grupo, dirigiéndole una sonrisa tímida.

—¿Qué hacéis?

Pablo, el más bajito del grupo, señaló la tienda de dulces.

—Hacemos apuestas pasando la pelota para ver quién falla, y el que lo haga invitará a todos a lo que quiera cada uno.

—¿Puedo apuntarme?

—Ya contábamos con eso —respondió Jorge colocándose bien las gafas.

Lorenzo lanzó la mochila que cargaba al suelo. Ni siquiera se había puesto en su sitio cuando le pasó el balón por el lado sin que pudiese tocarlo siquiera.

—Eso no vale. No estaba listo. —Hasta Marangely, que siempre le apoyaba, se rió—. Es trampa. No es justo.

—Las reglas son las reglas —sentenció Antón con voz tan seria que daba miedo—. O pagas, o cobras.

Que el chico más alto y forzudo de la clase se estirase frente a él retándole a que se atreviese a negarse, era intimidador.

Con un gruñido malhumorado Lorenzo rebuscó en la mochila y colgándosela del hombro sacó un billete.

—Tengo diez dólares ¿qué queréis? —Cada uno gritó una cosa distinta y supo que lo que restaba de paga acababa ahí—. Seguro que estabais esperándome para este momento.

No hizo ningún comentario mientras iba andando a la tienda. Ni siquiera de lo roja que se había puesto Marangely o de cómo Jorge lanzó una risita traviesa. Tan solo protestó por lo ingenuo que había sido

En la tienda del señor Gary, la mejor de todo el pueblo, el olor a dulces golpeaba a los clientes en cuanto abrían la puerta. Aquel día, sin embargo, fue el calor del lugar el primero en recibirle.

Sobre una silla, al lado de un cartel enorme de *Los Vengadores*, el dueño estaba haciendo equilibrios golpeando a puñetazo limpio el aire acondicionado.

—Pero ¿quieres funcionar de una vez? —se quejó, como llevaba haciendo toda la mañana.

—¿Qué es lo que pasa? —preguntó Lorenzo depositando sobre el mostrador todo lo que le habían pedido sus amigos.

—Este chisme no funciona —protestó el tendero añadiendo un par de puñetazos extra—. Desearía que dejase de estropearse de una vez.

El chasquido de unos dedos a la par que el aire acondicionado empezaba a funcionar provocó que Lorenzo se girase al sentir una presencia a su espalda.

—Empezamos bien —murmuró un chico detrás de él.

Era imposible, pero Lorenzo se atrevería a jurar que aquel muchacho, con aquella túnica del color de la arena, era idéntico al que había conocido la noche anterior en su sueño.

—Un buen mamporro lo arregla todo —presumió Gary bajando de la silla y revisando lo que su cliente había cogido—. Son siete dólares.

Con una sensación extraña recorriendo su espalda, Lorenzo sacó el billete del bolsillo derecho del pantalón y lo puso sobre la mesa.

El tiempo que tardó el hombre en meter los dulces en la bolsa y devolverle lo que sobraba mientras tenía al misterioso muchacho a su espalda se le hizo larguísimo. Lorenzo estuvo tentado de dejarlo todo allí y salir corriendo; si no llega a ser porque aquellos eran sus últimos ahorros, ni lo habría dudado.

—Gracias —musitó acobardado recogiendo la bolsa y el dinero que le daba el dependiente.

Al volverse para salir, aguantó la respiración y se quedó confuso cuando vio que detrás de él no había nadie

—¿Te ocurre algo? —preguntó Gary con amabilidad.

El desconcierto en los ojos del muchacho era más que evidente.

—¿Y el chico que estaba haciendo la fila? —Ahora fue el tendero el que le miró extrañado—. Ya sabe, el que estaba detrás de mí.

El dependiente puso una mueca en su cara como si no entendiese a qué se refería.

—Detrás de ti no había nadie.

—Sí que lo había —protestó impotente—. Un chico con una túnica marrón claro y cara de estar molesto por algo.

—Si hubiese habido alguien así ¿no crees que me

habría dado cuenta?

Lorenzo le miró una vez más antes de darse por vencido. Salió de la tienda sopesando las posibilidades de que el sueño hubiese calado tanto en él que ahora sufría alucinaciones.

—Total que vengo a verte y nada más llegar al pueblo ya me están pidiendo cosas.

Lorenzo se giró sobresaltado para encontrarse detrás de él al mismo chico que había visto en la tienda.

El muchacho estaba con los brazos cruzados sobre el pecho, cara de enfado y dando ligeros golpes con el pie en el suelo señalando su impaciencia.

—Tú no eres real —comentó Lorenzo mirando hacia los lados por si alguien notaba que estaba hablando solo—. Es imposible que estés aquí.

Hamid le miró arrugando su nariz.

—Pudiendo soñar con millones de cosas mejores ¿por qué lo harías conmigo?

—Es la única explicación para... —Dudó un momento preguntándose si aquella conversación estaba sucediendo de verdad—. ¿Qué haces aquí?

El genio le miró como si fuese obvio.

—Tú me invitaste.

—Sí, te invité pero...

—¿Por qué siempre hay un pero? —preguntó molesto Hamid aprovechando para quitarle la bolsa de dulces y coger unos pocos—. Estoy harto de que las cosas sencillas se estropeen por un pero.

Anonadado, Lorenzo se quedó boquiabierto cuando vio cómo el genio empezaba a comer lo que había comprado como si las golosinas fuesen suyas.

—Las he comprado yo —protestó—. No te las

puedes comer.

—Tú te comiste mi comida en la cueva.

Desde luego, para ser producto de un sueño, tenía una memoria excelente.

—Pero es que...

—¿Otra vez con los peros? —se quejó Hamid llevándose un regaliz rojo a la boca y tragándoselo de golpe.

—¿Quieres dejar de comértelas? No son para mí, son paras mis amigos.

Aquello consiguió que por fin el genio dejase la bolsa tranquila.

—Me hablaste de ellos en la cueva ¿cuándo voy a poder conocerlos?

En aquel momento, sin poderlo evitar, Lorenzo tembló. Había dado su palabra y estaba muy mal eso de mentir, aunque ¿presentarle a sus amigos a un genio? Ahora que había amanecido no estaba seguro de que aquello fuese buena idea.

Por otro lado la mirada expectante de Hamid le avisaba de que aquello era más importante para él de lo que pensaba.

—Está bien. Te los presentaré —concedió con un suspiro.

Cuando el genio se puso a dar saltitos aplaudiendo feliz, hasta él sonrió.

—¿Puedo pedirte un favor? —Lorenzo se encogió de hombros esperando a que continuase hablando—. ¿Recuerdas lo que dijiste? Ya sabes... ¿Podrías no decirles que soy un genio?

—Pero si eso es lo más guay que tienes.

Hamid suspiró.

—Yo no lo veo así. ¿Podrías dejarme ser normal

por una vez?

El tono de súplica en su voz tenía cierto toque de esperanza. ¿Cómo podía quitarle eso?

Asintió con la cabeza.

—Como pidas. Aunque si no quieres dar explicaciones, será mejor que te cambiases de ropa si voy a presentártelos.

—¿A qué te refieres?

—Esa túnica llama demasiado la atención y si no quieres decir que eres un genio, deberías parecerte más a un niño normal.

Cuando Hamid chasqueó los dedos, su ropa se transformó en un pantalón vaquero y una camiseta con el dibujo de un Hulk verde muy furioso. También llevaba una mochila morada en el hombro con el dibujo, muy chulo además, de Spiderman en la parte delantera.

—¿Así está mejor?

—¿Cómo has hecho eso? —preguntó Lorenzo impresionado—. Ha sido fantástico.

Como si de pronto sintiese vergüenza de lo que acababa de hacer, Hamid se puso rojo.

—Olvidas que soy un genio. Puedo conseguir cualquier cosa con tan solo chasquear mis dedos.

—¿Todo?

—Cualquier cosa.

Le hizo gracia ver cómo Lorenzo, mientras se hacía a la idea, comenzaba a rascarse la oreja de manera distraída.

—Debe ser fantástico.

—Tiene sus cosas buenas y sus cosas malas. —El recuerdo que le golpeó con aquellas palabras le hizo daño.

De manera automática, metió la mano dentro de la bolsa y cogió una moneda con polvos pica pica por encima.

—¿Qué? —preguntó incómodo por la forma en que le estaba mirando Lorenzo.

—¿Te importa dejar de comerte mis dulces? Desearía que...

Con la cara llena de pánico, Hamid saltó sobre él tapándole la boca.

—¡Ni se te ocurra terminar esa frase! —le amenazó alterado.

Lorenzo tuvo que hacer señales para avisarle que le estaba asfixiando.

—Lo siento, no fue mi intención —confesó cuando pudo hablar—. No me di ni cuenta.

Pero o estaba seguro de que el genio le estuviese escuchando. Hamid, estaba paseando de un lado a otro mientras murmura para sí mismo.

—Ya sabía yo que no era buena idea salir de mi cueva. Mira que lo estuve pensando toda la noche y me dije: *¿por qué no? Parece un buen chico.*

Si la conciencia tenía armas, ahora estaba golpeando con una maza en la cabeza al Lorenzo que no podía sentirse más culpable.

—Te juro que no volverá a ocurrir —prometió intentando atraer la atención de su amigo.

Casi fue peor. Al volverse hacía él, esos dos ojos verdes le miraron acusadores.

—Eso fue lo mismo que dijiste ayer y mira...

—De verdad. —Como si intentase dar veracidad a sus palabras, se hizo la señal de la cruz en el pecho dos veces—. No lo haré más.

Hamid arrugó la nariz sopesando los pros y los

contras de aquella aventura.

—Ni una vez. Lo has prometido.

—Ni una vez —repitió Lorenzo.

—¿Me presentarás a tus amigos?

—Sí.

Solo por eso merecía la pena cualquier riesgo que pudiese llegar a correr. El sol brillaba, los pájaros cantaban y él había salido de la cueva por primera vez en años.

—Acepto.

6

La manera en que aquellos chicos le estaban mirando recordó aquella vez en la que Hamid vio como una manada de hienas hambrientas se lanzaba sobre un pobre cervatillo indefenso.

Nunca pensó que le tocaría a él ser el cervatillo y ahora, mientras analizaba si al irse corriendo le atacarían por la espalda, metió la mano dentro de la bolsa de golosinas y sacó otro regaliz que engulló de golpe y sin respirar.

Fue Antón, con una mueca dura, quién repitió lo que acababa de contar Lorenzo.

—Así que este es un amigo que ha venido ¿de dónde dijiste?

—De Arabia. —Respondieron los chicos a la par. Luego, tras una mirada, continuó Hamid—. Para ser exactos de Kuwait.

Aunque los genios estaban obligados a decir la verdad, allí era de donde tenía su primer recuerdo consciente. Antes de eso, tenía la mente en blanco; así qué... en teoría, se consideraba de allí, y puesto que no había estallado en un millón de colores al mentir debía ser verdad.

—¿Y cómo os conocisteis? —le interrogó Jorge con curiosidad.

Fue Lorenzo quien respondió esta vez.

—Llevábamos tiempo hablando por Internet y al final quedamos en conocernos en la vida real. Así que, tras mucho insistir, su padre le envió aquí y se quedará una temporada en mi casa.

Esperaba que los demás no viesen la culpabilidad en la cara del genio. Daba la impresión de que esperaba que de un momento a otro todos fuesen a gritar a la vez: «*Eres un mentiroso, es un genio*».

—Hola, me llamo Marangely —le saludó la chica del grupo dedicándole una hermosa sonrisa—; aunque todos mis amigos me llaman Mara.

Hamid esperaba que el pequeño brinco de sorpresa que dio cuando la muchacha le tocó la espalda, pasase desapercibido. En cuanto se acostumbró al contacto, le dirigió una tímida sonrisa avergonzada.

—La romántica enviada de Dios —comentó conmovido—. Un nombre precioso.

Pareció como si de pronto la muchacha quisiera esconderse detrás de las gafas que llevaba.

—¿Cómo?

—Ya sabes... —Hizo una pausa esperando que ella entendiese a qué se refería; para luego, con timidez, dar la explicación—. Mara es una palabra hebrea que significa La romántica y Angely proviene lo más seguro de Ángela que viene a su vez del griego y significa enviada de Dios.

—Vaya —comentó la chica sorprendida—, pues no lo sabía.

—¿Sabes el significado de Pablo?

El chico que había hablado a su derecha era moreno, bajito y llevaba un buen rato rascándose la cabeza.

—Claro. Es de origen latino y significa el menor.

—Pues no me gusta —comentó Pablo desanimado.

Una risa general rompió los nervios del momento.

—¿Sabes el significado de Jorge?

El que había hablado era más alto que Pablo, pero no llegaba a la altura de Antón. Le miraba entre impaciente y divertido, como si le gustase que aquel desconocido tuviese tantos datos en la cabeza.

—Hombre del agro.

—¿Del agro? —preguntó sin saber a qué se refería—. ¿Qué narices es agro?

—El que trabaja la tierra —informó Hamid sonriéndole.

El muchacho empezó a rumiar por lo bajo.

—Así qué me toca ser labrador. —Luego, dirigiéndose a Pablo comentó mientras se reía—. Si quieres te lo cambio por el menor.

El susodicho ya estaba negando con la cabeza antes de que terminase la frase.

—No, ya sabes que odio mancharme. Quédate con tus huertas y tus tomates y déjame a mí tranquilo que soy pequeño.

El puñetazo amistoso que Jorge lanzó al estómago de Pablo no dolía, pero aun así sobresaltó al chico que hizo el amago de querer devolvérselo.

—¿Cuál es tu nombre? —preguntó Hamid a Antón que seguía mirándole de manera dura.

—No te importa. —La manera agresiva en que le habló, hizo que el genio retrocediese un paso.

—Oye —amonestó Lorenzo a su amigo—, que no te ha hecho nada.

—¿Cómo qué no? —alegó Antón cada vez más enfadado—. Se está comiendo mis golosinas.

Hasta ese momento, Hamid no había sido consciente de que seguía metiendo la mano en la bolsa comiéndose los dulces.

—Lo siento —murmuró arrepentido—. No me di cuenta.

—Ya claro...

—¿En serio te has comido todo? —se quejó Pablo acercándose—. Dime que no...

—Bueno... quedan dos regalices —señaló Hamid mirando el interior.

—Pero somos cinco.

—Joer, dime que no es verdad, tengo mucha hambre —se quejó Pablo llevándose una mano a la tripa—. Desearía que Lorenzo llevase la mochila cargada de golosinas.

El chasquido de los dedos de Hamid provocó que

Lorenzo empezase a sentir cada vez más pesada su mochila.

—¿Qué pasa? —preguntó Marangely al ver la cara de su amigo.

—Nada —contestó Lorenzo—. Que aquí, Pablito, tenía razón y ha descubierto que todo era una broma que os queríamos gastar.

Al ponerla en el suelo y abrir la mochila, se dio cuenta de que, tal y como sospechaba, se había llenado de dulces.

—¡Ala! —gritaron todos a la vez lanzándose a por ellas.

Al mirar al genio vio cómo Hamid tenía la frente fruncida y bajaba la cabeza en señal de agradecimiento.

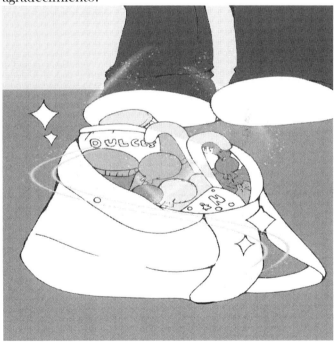

No pudo ver mucho más porque Jorge, que se le veía el más feliz, dijo:

—Sabes... desearía que...

—No desees nada —le cortó Lorenzo a toda velocidad—. Tan solo come y disfruta, que os invita el ge.... Digo... Hamid.

Los chicos, incluso Antón, se lo agradecieron con las manos y las bocas llenas de dulces.

—¿Es a esto a lo que temías? —preguntó al genio acercándose con disimulo—. Ya te has fijado. Nada que no se pueda arreglar.

A pesar de que lo había dicho con una sonrisa, la frente fruncida de preocupación de Hamid no le pasó desapercibida.

—¿Estás seguro de que quieres que me quede? Ya viste lo que está pasando.

—Claro —afirmó Lorenzo con seguridad—. Te cubriré. No dejaré que nadie te descubra.

—No lo entiendes —murmuró el genio sin mirarle—. Esto es solo el comienzo.

7

Más de dos horas con gente era más de lo que podía soportar Hamid que se había acostumbrado a estar siempre a solas. Por suerte, cuando le propuso a su nuevo amigo irse a descansar, no se opuso.

—¿Seguro que a tu padre no le importará que me quede aquí? —quiso saber mientras revisaba la puerta de la casa de Lorenzo con cierto respeto—. Puedo ir y venir de las cuevas en un segundo con solo chasquear los dedos.

—¿Y qué gracia tendría eso? —protestó Lorenzo invitándole a pasar—. Si te quedas aquí, es para probar las experiencias de esta nueva vida por completo sin usar magia. Además, te aseguro que no le importará.

—¿Estás convencido?

El chico lanzó un suspiro irritado.

—Estate tranquilo. Ya nada le importa, así que puedo hacer casi cualquier cosa sin que se enfade.

—¿Nunca se enfada? —preguntó Hamid revisando el interior de aquel lugar que encontró más claustrofóbico que sus queridas cuevas.

—Bueno —se explicó mejor Lorenzo—, está siempre enfadado, pero nunca enfadado por nada en concreto. Tan solo está enfadado porque sí, al margen de lo que sea que pase. Es algo complicado.

Moviendo la cabeza de manera afirmativa, Hamid, intentó hacerse una idea mental de lo que quería decir eso. Pero no fue capaz. Aun así, saber que no molestaría su presencia, le tranquilizó.

La casa, con tres cuartos, un despacho, dos baño y la cocina, estaba limpia y recogida. Y sin embargo, daba la sensación de ser un lugar frío donde en el fondo no vivía nadie.

—Así que esta es tu casa.

La afirmación sonrojó al muchacho.

—Debe parecerte poca cosa comparado con tu biblioteca en las cuevas.

—No es poca cosa. Es tu hogar.

—Eso me ha sonado a que hay un pero...

—El de los peros eres tú —protestó Hamid con una pequeña sonrisa.

—Pero...

El genio miró a su alrededor antes de responder.

—Es un sitio raro. Muy pequeño comparado a cómo hacían antes las cosas. Además, se siente como si las paredes de este hogar hubiesen absorbido todo el amor que una vez tuvieron. No hay cuadros, no hay fotos, es como si todo fuese un espacio en blanco donde antes hubo algo.

La pesadumbre cubrió la cara de Lorenzo por completo. Hamid, al mirarle a la cara, quiso preguntar a qué venía tanta tristeza, pero el dolor que vio reflejado en el muchacho no se lo permitió.

—¿Cuándo vendrá tu padre? Quiero conocerle.

—Serás el primero —bromeó. Luego, como queriendo corregirse, añadió—. Cuando le dé la gana.

—Pero ¿sobre qué hora es eso?

—No lo sé.

—Tienes que saberlo —comentó Hamid intentando sonreír para contagiar al chico parte de su alegría—. Es tu padre.

La mueca gélida que se le puso al muchacho en la cara fue tan dura como sus palabras.

—Ya no.

—¿A qué te refieres? Porque un padre no se

puede poner y quitar, un padre lo es en las buenas y en las malas, para siempre.

Si la tristeza de Lorenzo antes desbordaba, ahora era infinita.

—Mi padre cambió hace un año, cuando perdimos a mamá.

El dolor de aquella frase estaba fresco en aquel muchacho, como una herida que no había acabado de cerrar.

—¿Qué fue lo que pasó? —preguntó el genio con todo el tacto que fue capaz.

Antes de responder, el chico miró a aquel ser imposible con los ojos empañados. Tanto tiempo callado y ahora, por fin, alguien quería hablar... Pero ¿qué decir? ¿Cómo decirlo?

«Ríe y el mundo reirá contigo; llora y llorarás solo.»

¿Por cuánto tiempo se supone que tenía que estar riendo? Su madre no se lo explicó; y ahora estaba allí, frente a un ser tan mágico que no debería existir salvo en su imaginación.

—Desapareció por mi culpa. —Como las lágrimas que empezaron a bañar su rostro, él también cayó al suelo.

Hizo un gesto para impedir que Hamid, que había corrido a su lado, le levantase.

—¿Qué pasó? Cuéntamelo todo —le pidió el genio angustiado.

Lorenzo miró el suelo intentando evitar recordar lo que pasó y, a la vez, luchando contra el fantasma que le había perseguido durante el último año.

—Hace un tiempo salimos mi madre, mi padre y yo en un viaje en barco. Solos los tres, como nos gustaba. Cuando mi padre vio que el temporal comenzaba a cambiar quiso regresar, pero yo quería ver a los delfines y lloré y supliqué hasta que lo convencí.

—¿Entonces?

—Entonces llegó la tormenta. —Hizo una pausa evocando aquel momento. —Yo había visto llover muchas veces en mi casa, pero no como aquel día. El barco se movió como si a cada instante fuese a romperse y estuvimos varias veces a punto de volcar. En un momento yo estaba allí sujetándome y al siguiente, caí por la borda. Mi madre saltó para salvarme...

El dolor del muchacho envolvió a Hamid abrazándole con fuerza.

—¿Qué le ocurrió?

—Consiguió llevarme al barco y cuando mi padre me cogió... una ola nos golpeó. Cuando miramos, ya no estaba allí.

El silencio de aquel momento fue opresivo. Ninguno de los dos se miraba respetando el espacio de aquella tragedia. Al cabo de un minuto, fue Lorenzo quien habló primero.

—Sé lo que prometí; pero si desease que mi madre volviese ¿lo harías? ¿Podrías traerla de nuevo conmigo? Me hace falta.

Aquellos ojos marrones taladraron a Hamid llenos de esperanza.

—Ni siquiera un genio puede resucitar a los muertos.

Aquella frase, aunque cierta, dolía.

—No pasa nada —contestó Lorenzo fingiendo una sonrisa—. Ya sabes que prometí no usarte.

La conversación se interrumpió cuando el sonido de unas llaves anunció que alguien entraba en casa.

A pesar de que le había dicho que no importaba que estuviese allí, Hamid no pudo evitar ponerse nervioso cuando Steve, que tenía la cara como si no se hubiese afeitado en toda la semana, se plantó delante de ellos.

¿Quién es este? ¿Qué hace aquí? ¿Por qué no me pediste permiso?... Esas eran preguntas para las que el pequeño genio estaba preparado.

—Me voy a la cama. No hagáis ruido.

Nada más. Aquel hombre de mirada profunda y barba desarreglada, tan solo se fue al cuarto y cerró la puerta.

—¿No va a cenar? —preguntó Hamid confundido.

—No, aunque a veces se levanta para hacerme el desayuno.

Era innecesario preguntarle si todos los días eran así, porque era evidente. Cuando Lorenzo le llevó a la cocina, el chico dio muestras de que, noche tras noche, él mismo se hacía la cena.

—¿Prefieres que te haga tortilla, macarrones o un sándwich?

—No sé, cualquiera de las tres cosas estará bien; tan solo haz lo que te sea más fácil.

—A mí me da igual —confesó—, si fuese por mí volvería a tu cueva y me acabaría aquel delicioso pastel de chocolate.

—¿Eso quieres? Te puedo invitar.

Con un chasquido de sus dedos Hamid creó un pastel en el centro de la mesa.

—¿Esto es en serio? —preguntó Lorenzo asombrado—. No he dicho la palabra prohibida.

—Yo tengo mi propia magia para mí. No hace falta que nadie desee nada para usarla.

—Entonces ¿si quisieras unas patatas fritas recién hechas?

De nuevo Hamid solo tuvo que chasquear sus dedos para que una bandeja apareciese de la nada repleta de patatas fritas aún humeantes.

—¿Algo más? —preguntó riéndose.

—Filete de cordero. —Un chasquido después estaba al lado de las patatas—. Tortilla de patata, cerdo agridulce, bombones de chocolate...

—Vamos, no tengas miedo —le desafió Hamid con una sonrisa—. Pídeme algo difícil.

—Rabo de langosta en tinta de calamar —un chasquido después apareció—. Por el amor de Dios, eso ni siquiera sabía si existía. Me lo acabo de inventar ahora mismo.

—Entonces ¿no se te ocurre nada más?

—Ya sé. Trufas de las caras con... solomillo bañado en salsa de caramelo.

Apareció de pronto. En la mesa ni siquiera había espacio para nada más.

—¿Te vas a comer todo esto? —se burló Hamid riéndose.

Los dos estaban riéndose cuando una voz a su espalda les heló.

—¿No os dije que no hicieseis ruido? —les amonestó Steve entrando en la cocina.

La bronca que tenía preparada murió en sus labios porque se quedó con la boca abierta al ver toda la comida que había allí.

—Lo siento, papá —se disculpó Lorenzo agachando la cabeza—. Queríamos darte una sorpresa antes, pero como te fuiste a la cama directo no pudimos decirte que los padres de Hamid nos invitaron a cenar por permitirle quedarse unos días con nosotros.

—¿Se quedará unos días sin consultarme?

—Pensé que no te importaría.

Steve miró primero la comida y luego al niño desconocido.

—¿Esta cena será solo hoy o cada noche?

—Será todos los días si quiere, señor —concedió Hamid con rapidez—. Después de su amabilidad es lo mínimo que podía hacer por vosotros.

—Toma papá, prueba —le pidió Lorenzo acercando la bandeja de patatas antes de que su padre tuviese una pregunta que el genio tuviese que responder con la verdad—. ¿A que son las mejores patatas que has comido nunca?

Al principio, cuando se metió la patata en la boca, aún se le notaban dudas en la cara; un instante después se disiparon.

—¡Están buenísimas! —afirmó Steve de buena gana—. ¿En serio van a traer esto todas las noches? Creo que es abusar un poco. Sobrarán la mitad de las cosas.

—No se preocupe, señor —confirmó Hamid—. Le aseguro que no será una molestia. Bastante es que me han aceptado entre ustedes.

—Por favor, deja el ustedes, puedes tutearnos sin problemas —señaló Steve—. Que menos después de este banquete.

Con la primera sonrisa que Lorenzo le había visto en meses, su padre se sentó con ellos a la mesa.

—¿Qué es esto? —preguntó cogiendo un plato con

una salsa negra.

—Rabo de langosta con tinta de calamar —contestó Lorenzo rojo hasta las orejas.

—No había oído nunca hablar de un plato así.

—Es algo que quería Lorenzo y que le hicieron especialmente para él.

Cuando su padre le miró sonriendo, se sintió el chico más afortunado del mundo.

—Siempre tuvo unos gustos peculiares.

La cena, por esa noche, se hizo entre risas y bromas. Sobró muchísima comida y, para felicidad de Steve, los dos chicos pidieron hacerse cargo de la limpieza.

—Hacía mucho tiempo que no veía a mi padre tan feliz —confesó Lorenzo—. Gracias.

—No tienes que dármelas. La comida tiene el don de alegrarnos la vida.

—Puede que sí. Tendrás que hablar a los chef de la magia culinaria del rabo de langosta con tinta de calamar.

—Podría, podría —concedió Hamid divertido—. Y ¿qué más quieres hacer mañana?

Aquella pregunta incomodó a Lorenzo.

—Mañana no podemos estar juntos hasta la tarde, tengo que ir a clase.

—¿Y yo no puedo ir?

—No es eso —confesó avergonzado—, es tan solo que deberías estar apuntado para que te dejen entrar. Pero te prometo que tan pronto termine vendré corriendo a verte.

El pobre Lorenzo estaba tan entretenido mientras atacaba unos bombones de chocolate, que no percibió la sonrisa maliciosa del genio cuando este chasqueó los dedos.

8

El sonido del despertador hizo que Lorenzo brincase de la cama y fuese corriendo al cuarto de Hamid para comprobar que todo lo del día anterior no había sido un sueño.

Se lo encontró durmiendo y estuvo tentado de levantarle, pero ¿para qué? Él no tenía que ir a clase y si podía descansar... mejor.

Por eso cerró la puerta en silencio, para no molestar.

Aún no podía creérselo. Un genio. Se había hecho amigo de un genio de esos que solo viven en los cuentos de hada.

Lo más importante ahora era cumplir su palabra y no desear nada, aunque la tentación de saber que podía volver realidad cualquier cosa era algo increíble. Con solo pensar que el banquete de ayer podía hacerlo cada noche, casi envidiaba a Hamid. Estaba seguro de que ser un genio era lo mejor que podía pasarte en esta vida.

Y él, con todo lo que le gustaría tener superpoderes, tenía que conformarse con ser un simple humano.

...Desde luego, la vida no era justa.

Seguía rumiando cosas como esa mientras se acercaba a la plaza donde siempre quedaba con sus amigos, cuando una voz a su espalda le detuvo.

—¿Es que no ibas a despertarme? —preguntó Hamid con una enorme sonrisa—. Yo también voy a clase. ¿Se me olvidó decírtelo?

El genio se había vestido con aquella túnica que tanto le gustaba y se mostraba con su cara de niño bueno esperando que la sorpresa agradase a su nuevo compañero.

—No puedes venir —respondió Lorenzo—. Ya te expliqué que deberías estar apuntado.

—Estoy apuntado. —La cara de sorpresa de su amigo fue una delicia—. Tengo ganas de ver cómo es tu mundo y no pienso perderme nada.

—Pero... —La seguridad de Lorenzo había desaparecido por completo—. Las clases son muy aburridas. Seguro que no te gustaran.

La decepción en la voz de Hamid se notó tanto como en su cara.

—¿Es que no quieres que vaya?

—No es eso.

—Entonces ¿qué es?

—No puedes ir a clase con esas pintas. Se van a reír todos de ti.

Hamid miró hacia abajo como si no entendiese que iba mal en su atuendo.

—Mírate —prosiguió Lorenzo haciendo gestos hacia su vestuario—. Ya nadie va así.

—Es muy cómodo —se defendió el genio ofendido.

—Sí, y estarán todo el año riéndose de lo cómodo que vas. ¿Es eso lo que quieres?

—No.

Le fastidiaba no poder ir como quería, pero quizás Lorenzo tenía razón. Al final iba a resultar que para ir a clase, o conocer a más gente, tenía que estudiar antes su indumentaria. Chasqueó los dedos de mala gana y se puso un traje azul con corbata.

—¿Así mejor?

Lorenzo se planteó no responderle ante la cara de

mal humor que había puesto el genio, pero si no le decía nada haría el ridículo.

—¿No puedes ponerte algo normalito como lo del otro día?

Chasqueó los dedos. Aquel traje rojo y azul con capucha era inconfundible.

—¿Spiderman? ¿Te has vestido de Spiderman?

—A todo el mundo le gusta Spiderman —alegó Hamid fingiendo inocencia.

—Pero no puedes ir así a clase.

—Pero si a todo el mundo le gusta mucho Spiderman. —Suspiró resignado antes de volver a cambiar su indumentaria por la que llevaba el día anterior—. ¿Así estás más contento?

—Hombre ¿eso no es lo mismo que tenías ayer?

—¿No es lo que acabas de pedirme?

—Sí, pero debería ser diferente. No puedes dejarte ver dos veces con la misma ropa o pensarán que no te cambias, que no te duchas y que eres un guarro.

Hamid suspiró una vez más.

—Creo que tienes razón, aún no he ido a clase y ya me estoy cansando. ¿Es que en pleno siglo XXI la gente solo te juzga por lo que llevas y no por quién eres?

—¿Es que antes no era así?

Si respondía que no, mentiría. Las clases sociales siempre habían existido y que no le gustasen o que no quisiera aceptarlas, no significaba que pudiese ignorarlas.

—Pensé que en el futuro las grandes mentes compartirían conocimientos y habrían dejado esas tonterías en el pasado. Sería alcanzar el sumun de la humanidad, la cúspide más alta de la evolución.

Uniros todos en pro del avance científico.

Lorenzo asentía estoico.

—Te habrás dado cuenta de que solo voy a un colegio ¿verdad?

—Sí —respondió Hamid con tristeza—. Supongo que no habéis evolucionado tanto como me hubiese gustado.

Chasqueó los dedos de nuevo y se puso un pantalón vaquero con una camiseta a cuadros y un jersey por encima color negro.

—Mucho mejor —concedió Lorenzo.

—Pero es más aburrido. Aburridísimo. Es ropa para niños raros y aburridos del montón.

—¿Preferirías llamar la atención y que se fijasen en ti?

Hamid gruñó ante lo evidente.

—He tenido toda una eternidad para no hacer nada. Creo que por ahora me conformaré con ser alguien del montón.

—De acuerdo. Entonces, no sé a qué estamos esperando.

Tan pronto Lorenzo se puso a caminar, notó cómo el genio le seguía dando saltitos de alegría y no pudo evitar sonreír. Puede que estuviese algo loco, pero lo cierto es que le caía muy bien.

Sus amigos, que estaban esperándole como siempre antes de entrar a clase, se quedaron extrañados cuando les vieron acercarse juntos.

—¿Qué pinta este aquí? —preguntó Antón de mala forma.

Extrañado, Hamid miró a su amigo antes de responder.

—Lorenzo tiene que venir a clase para estudiar y

ser alguien el día de mañana. —Volviéndose hacia su amigo susurró—. ¿Aún se dice eso verdad? Es una de esas frases típicas que siempre supuse que no pasarían de moda.

No supo si había sido el tono bromista que Hamid había usado o que a Antón le había molestado el mero hecho de que hablase, pero el gigantón se acercó tanto a él que por un instante dio la impresión de que le iba a pegar.

—Ya sé que Lorenzo viene a clase con nosotros. Me estaba refiriendo a ti.

—¿A mí? —preguntó Hamid fingiendo ilusionarse de que se interesase en él—. He decidido que también iré a clase para ser alguien el día de mañana.

Los chicos, a excepción de Antón, se miraron divertidos los unos a los otros por aquel tono alegre y bromista con que hablaba.

—Seguro que ni siquiera estás apuntado —se quejó el fortachón como si aquello fuese algo sagrado e importantísimo.

—Me apunté...

—Hace un tiempo —le cortó Lorenzo.

Estaba convencido de que el genio no comprendía la diferencia entre lo que tenía que esperar una persona normal cuando echaba una solicitud y lo que había conseguido en una noche con tan solo un chasquido de sus mágicos dedos.

Antón, acercando su cara a la de Hamid, le miró de manera agresiva.

—No me caes bien, no me gustas. Será mejor que no te metas en mi camino.

—¿Pero por qué no te caigo bien? Soy la mar de simpático cuando me conocen.

Que aquel niñato le estuviese mirando con una sonrisa y le hablase como si su amenaza no fuese algo importante le puso de peor humor. Antón no respondió. En su lugar, habló al grupo ignorando aquella molestia con patas que había traído su compañero.

—Deberíamos irnos si no queremos llegar tarde.

Todos comenzaron a moverse. Cuando Lorenzo pasó al lado de Antón, este le detuvo con una mano en el pecho.

—Es un chico muy raro. No me gusta. ¿Dónde le has conocido?

—Pues por ahí... en Internet —respondió notando cómo se le ponían rojas hasta las orejas—. ¿Por qué dices que es raro?

El pequeño gigante le miró como si fuese la cosa más obvia del universo.

—¿No has visto que lleva babuchas?

Aquella era la primera noticia que tenía.

—¿Qué son las babuchas?

—Lo que llevaba en los pies. ¿Es que acaso no te fijaste?

¿Fijarse? Ni siquiera sabía lo que eran las babuchas o donde se ponían hace cinco segundos. Si de algo se estaba dando cuenta es de que tenía que poner mucha más atención y muchísimo más cuidado en lo que hacía o dejaba de hacer el genio.

Con un vistazo para asegurarse de que su amigo no corría peligro, Hamid, que tenía a Marangely al lado, la preguntó con su voz más inocente.

—¿Antón siempre es así con todos o solo con los más guapos?

La risa de esa chica era dulce y tímida.

—Es un buen chico. No se lo tengas en cuenta, está pasando una mala racha.

—¿Y lo paga conmigo?

—Con el mundo en general. No te lo tomes como algo personal, en el fondo es muy buen amigo.

Seguro que sí. Aunque, si tuviese el poder para hacerlo, chasquearía los dedos y le mandaría a ser muy buen amigo a otro lugar. Un planeta lejano dentro de una galaxia desconocida; a ser posible, habitada por hormigas mutantes devoradoras de humanos.

Por desgracia, en lo que a su magia se refería, todo el poder que podía usar con libertad se limitaba a cambiar su propia persona. Podía hacer las cosas que quisiera siempre y cuando no involucrase a ningún humano si no había un deseo de por medio.

Encogió los hombros mientras echaba una mirada furtiva a donde aquel mastodonte parecía intimidar a Lorenzo mientras le seguían rumbo a la escuela.

Con un poco de suerte alguien, a no mucho tardar, desearía que mandase al bueno de Antón a las cochinchinas. Y esperaba ese momento con ilusión y paciencia.

9

Con lo mucho que el señor Edwin odiaba la impuntualidad, tuvieron suerte de pasar a su lado por el pasillo antes de que entrase clase y que solo les mirase mal en lugar de ponerles una falta.

De todos los profesores en aquel colegio, si había alguien que resaltaba era Edwin Alexander. Su amor hacia la cultura y sus estudiantes se propagaba como el fuego y, aunque era estricto, nadie dudaba nunca de su buen corazón.

—Y tú ¿quién eres? —preguntó al entrar en el aula y ver a un chico de pie sin saber dónde sentarse.

—Hola yo soy...

—Sí, sí —le interrumpió el profesor como si de pronto le hubiese venido a la mente—, ya sé, Hamid, el nuevo. Me hablaron de ti hace... —se mostró confuso, como si no pudiese recordar cuanto hacía—... Puedes sentarte donde quieras.

El chico miró a su alrededor preguntándose cuál sería el sitio adecuado. ¿Estarían ordenados de manera alfabética? ¿Por nombre? ¿Por apellido? ¿Por altura? Había un sitio vacío justo al lado de Antón, pero antes de dar siquiera un paso en la dirección, el chico ya estaba negando con la cabeza dirigiéndole una mirada que prometía sufrimientos largos y terribles si osaba cometer esa locura.

Al otro lado de la clase, justo donde estaba Lorenzo, otro pupitre vacío le esperaba, y su amigo le hacía señas para que fuese allí.

—Gracias —le susurró al sentarse—. No veas qué vergüenza es estar ahí delante de todos.

—No te preocupes.

Con voz armoniosa y estricta Edwin comenzó la clase ante el silencio magistral que siempre lograba con su sola presencia. Por lo menos hasta que Hamid se volvió hacia Lorenzo con una duda en mente.

—¿Se puede saber por qué Antón me mira como si quisiera matarme?

Sabedor de la poca paciencia de su tutor, no le quiso responder de momento. Y no lo iba a hacer hasta que acabase la clase, pero que Hamid pensase que no le oía y que cada vez le preguntase más fuerte le quitó eso de la cabeza.

—Edwin odia que hablemos —le indicó llevándose un dedo a los labios—. Luego te digo.

Por un momento fue como si el genio lo comprendiese. Hasta que, impaciente, volvió a hablar con un susurro que a Lorenzo le pareció un grito en medio de aquel silencio sepulcral.

—Es que soy muy majo. No entiendo por qué, sin venir a cuento, me cogió tanta manía. Además, no deja de mirarme como si tuviese monos en la cara.

Resignado a que, si no le contestaba, seguiría hablando hasta que el profesor les llamase la atención, Lorenzo susurró.

—Es por tus casuchas.

—¿El qué? —preguntó Hamid que había sido incapaz de oírle con lo bajito que había hablado.

—Tus casuchas —repitió Lorenzo un poco más alto sintiendo cómo su corazón descargaba adrenalina.

—¿Mis qué?

—Tus casuchas. —Por la forma en que le miraba Hamid no entendía a qué se refería—. Joer, lo que tienes en los pies que no son zapatillas.

—¿Mis babuchas? ¿Qué les pasa? Son muy

cómodas.

—Que no son zapatillas. Todo el mundo en este siglo lleva zapatillas, pero tú tenías que venir muy cómodo. Mira que te lo dije —protestó suspirando.

—Bueno, eso se arregla fácil.

Como si pudiese verlo a cámara lenta, Lorenzo se percató de que iba a chasquear los dedos como había hecho tantas otras veces para transformar sus babuchas en unas zapatillas.

Sin pensarlo, se abalanzó sobre él para impedírselo. Antón era muy observador, tenía que evitar que se fijase en que de un instante a otro había cambiado su calzado.

Caerse de la silla delante de todos no había entrado en sus planes.

—Lorenzo —le llamó Edwin corriendo preocupado hacia él—. ¿Estás bien?

¿Que si estaba bien? Estaba a punto de tener el ataque cardíaco más grande del mundo y solo tenía doce años. Además, sentía las miradas de sus compañeros clavadas en él con risitas mal disimuladas ante su torpeza.

—Sí, sí, tranquilo —informó mientras se dejaba ayudar a levantarse—. No sé qué pasó.

El tutor le miró frunciendo el ceño evaluando si se había hecho daño antes de dejarle sentado y volver a su lugar para continuar con la clase.

—Por lo menos esta vez no ha gritado... —bromeó una voz en algún punto.

—Lorenzo Lorenzón, chilla como un ratón...

La canción se vio interrumpida para su alivio cuando el profesor se giró enfadado buscando al osado cantante.

—Ni se te ocurra lanzar magia porque sí —le pidió Lorenzo a Hamid en un susurro enfadado—. Si no quieres que te descubran debes pasar desapercibido.

—No es tan importante ¿quién se va a fijar en que cambié mi calzado en mitad de la clase?

—Seguro que no pensaste en que alguien se fijaría en tus pies y mira, Antón lo hizo.

Como si hubiese oído que le habían mencionado, fue el momento en que el gigantón se puso a examinarles con una mirada dura y amenazadora.

—Está bien —concedió Hamid incómodo ante aquel escrutinio hostil—, tienes razón. Intentaré no usar la magia.

El alivio en la cara de su amigo fue más que evidente. Eso era lo más raro de todo. En toda su vida, aquella era la primera vez que alguien le prohibía hacer magia.

En todos sus años de vida solía ocurrirle justo lo contrario. Sonrió ante un hecho tan insólito. Que las cosas fuesen diferentes por una vez tenía que ser bueno a la fuerza.

—¿Alguien sabría decirme cual es el libro más vendido del mundo si quitamos de la ecuación a la biblia?

A pesar de estar pensando en otras cosas, la pregunta del tutor le sacó de su ensimismamiento mientras esperaba que todos respondiesen a la vez. En su lugar, la clase permaneció en silencio sepulcral. El genio miró a su alrededor antes de atreverse a levantar la mano.

—¿Y bien? —le interrogó Edwin—. Dime ¿sabes cuál es?

Ni siquiera sabía si debía decirlo, aunque era tan

obvio... Lorenzo le había pedido que no llamase la atención; pero leer era su pasión y hablar de libros era algo que llevaba años extrañando hacer.

—El Quijote.

—Muy bien. ¿Por casualidad no sabrás también quién fue su autor?

—Miguel de Cervantes.

—Perfecto. —La sonrisa de Edwin señalaba que lo había hecho bien—. Me alegra ver que por lo menos alguien ha oído hablar de él.

De manera tímida, Hamid volvió a levantar la mano.

—Disculpe.

—Dime —le concedió el tutor.

—No es que haya oído hablar de él, es que me lo he leído.

El profesor le miró extrañado.

—¿Que te has leído El Quijote?

—Sí.

—¿Tú, o te lo han leído tus padres?

—Yo solo, me gusta mucho leer.

—Hombre... —El tutor parecía desconcertado—. El Quijote no es un libro para niños.

Hamid sentía cómo todo su cuerpo estaba temblando ante la vergüenza de ser el centro de atención. Echó un vistazo a Lorenzo para ver si su amigo podía ayudarle y este se encogió de hombros como señalándole que no sabía qué decir.

Arrugó la nariz arrepintiéndose de haber abierto la boca y empezó a hablar a toda velocidad en un intento de arreglar su pequeño desliz.

—A mí es que me gusta leer todos los libros a mi alcance. He leído a Stephen King, Gabriel García

Márquez, Umberto Eco, Isabel Allende, Neruda, Hemingway, Mark Twain...

—Imposible —señaló el profesor cada vez más serio—. Dudo mucho que te hayas leído a todos esos autores.

Que dudasen de él ofendió tanto al genio, que estuvo a punto de explicarle lo aburrido que era estar en una cueva encerrado durante años, años y más años. Por suerte, su cabeza fue más rápida que su boca.

—También me he leído el pirata Garrapata, el pequeño vampiro, Aventura en Antrópolis de Janette Becerra o Club de calamidades de José A. Ravelo. Me gustó especialmente Cruzada en Jeans de Thea Beckman y El palacio de la media noche de Carlos Ruiz Zafón.

Esperaba que decir esos libros más acordes con la edad que aparentaba tener despejase las dudas; pero la manera tan extraña en que los demás alumnos le estaban mirando le decía que no era así.

Lo que le faltaba. Lorenzo le había dicho que no llamase la atención y él, dejándose llevar, era justo lo que acababa de hacer. Ojalá pudiese chasquear los dedos y hacer que la tierra se lo tragase.

—Está bien —concedió el tutor con cara de no creerle—. Pues muy bien hecho. Solo los que leen aprenden más que el resto.

Mientras seguía dando la clase, Hamid sintió la presión de tener a todos sus compañeros mirándole como si fuese un bicho raro. En especial se sintió avergonzado por la manera en que Lorenzo le hacía gestos de silencio llevándose el dedo a los labios.

Había sido un error. Un gravísimo error. No tenía

que llamar la atención, no tenía que hacerse notar. De hecho, sería mucho mejor si a partir de ese momento no decía nada de nada.

Echó un vistazo sobre el hombro y tal y como presentía Antón tenía la mirada fija en él. Ese chico le daba escalofríos. ¿No podía limitarse a ignorarle? Si lo hacía, prometía no volver a hablar.

Como si hubiese escuchado sus pensamientos, se volvió hacia su compañero de pupitre y comenzó a susurrar algo riéndose.

Al principio Hamid pensó que se estaban burlando de él, pero al prestar atención a lo que decían vio que en realidad estaban hablando de algo llamado LoL. No sabía bien lo que era, aunque por la manera de hablar debía ser un juego electrónico sobre los que tanto había leído.

Charlaban de estrategias y personajes y no habría pasado de ser algo curioso si no llega a ser por lo que dijo el compañero de Antón.

—Me están dando unas ganas terribles de mejorar la puntuación de ayer. Bronce tres, ¿te imaginas si llegamos a platino? Desearía que sonase ya la sirena y estar en casa jugando contigo.

El chasquido que hizo Hamid con sus dedos quedó oculto por el sonido que anunciaba el final de las clases.

Todos los alumnos se miraron desconcertados los unos a los otros mientras examinaban sus relojes calculando el tiempo. Incluso Edwin pareció perdido por un momento, como si no supiese si debía continuar con su clase o permitir la salida de todo el mundo. Al final se decantó por la segunda opción y pidió orden mientras les hacía abandonar el aula.

Fue una suerte que todos saliesen tan contentos que nadie notase que entre ellos faltaban dos de sus compañeros.

—¿Has sido tú? —susurró Lorenzo acercándose a Hamid y, con cierto fastidio, añadió—. ¿No habíamos quedado en que nada de magia?

—No ha sido culpa mía —protestó el genio—. Uno de tus compañeros pidió un deseo estúpido y tuve que cumplirlo.

—¿Cómo? ¿Quién?

La expresión de alarma en la cara de su amigo hizo que el genio se sintiese culpable.

—El que estaba en aquella mesa —respondió a la par que señalaba un pupitre vacío con las cosas desperdigadas por encima.

—¿David? —Lorenzo miró a su alrededor buscándole como si pudiese encontrarle—. ¿Se puede saber qué es lo que ha pedido? ¿Dónde está?

—Las dos preguntas es un solo deseo. Pidió que sonase la sirena y estar en casa jugando con Antón a algo llamado LoL.

Lorenzo se golpeó la frente con la mano abierta mientras se agarraba del pelo.

—No me fastidies que alguien gastó un deseo en esa tontería. Encima Antón. Como si no tuviese ya sospechas de que algo no anda bien. ¿Por qué tan solo no te limitaste a ignorarlo?

—Ya te dije que no puedo hacer eso —comentó Hamid con un toque de enfado en su voz—. Cada vez que alguien desee algo, sea lo que sea, yo tengo que cumplirlo.

—Pero ese deseo era una tontería.

—Pero es lo que pidió a fin de cuentas.

—Vale, de acuerdo. No hay problema. —Aunque por la forma en que respiraba estaba a punto de entrar en pánico—. Podía haber sido peor y desear unas vacaciones por el Polo Norte. ¿Me aseguras que están bien?

—Sí —respondió el genio—. En casa jugando. Te lo garantizo.

Aquello no era tan malo. Aunque ahora, mientras miraba al genio, Lorenzo se daba cuenta de que aquellas situaciones que estaban sucediendo no iban a mejorar con el tiempo. La gente decía las cosas sin pensar y los deseos podían ser algo tan peligroso como estúpido.

Rezó en silencio para que continuasen siendo sólo lo segundo.

10

—Os juro que me encantaría que todos los días fuesen así —estaba diciendo Pablo cuando los dos amigos se acercaron al grupo.

El sobresalto que aquellas palabras consiguieron en Lorenzo le provocó un escalofrío por la columna vertebral. Por un momento pensó que...

—Ha sido genial —contestó Marangely—. Creo que todos estábamos deseando lo mismo.

De manera inmediata Lorenzo se fijó en los dedos de Lorenzo, que tenía la vista clavada en él.

No pasó nada. Nada, salvo la decepción que vio en la mirada de su amigo.

—A mí lo que me gustaría saber es dónde narices se ha metido Antón —comentó Jorge—. Le estuve esperando en la puerta y no le he visto salir.

Gustaría. Había dicho gustaría; por un momento Lorenzo había pensado que lo que en realidad había dicho era desearía.

Respiró intentando tranquilizarse. Además, debía distraer su atención.

—Creo que se fue con David —comentó—. Me pareció verles salir a todo correr para ir a jugar al ordenador. Ya les conoces.

La respuesta era lógica. En teoría nadie tenía que sospechar que un genio les había mandado a casa por un estúpido deseo de pasarse la tarde jugando al ordenador. Sin embargo, Jorge le miraba como si hubiese algo extraño en su cara.

—¿Estás bien? —le preguntó sin rodeos—. Te noto algo pálido.

—Sí, sí. Tranquilo.

Estaba bien porque había dicho gustaría. Si en lugar de eso hubiera dicho desearía entonces... no estaría tan bien.

—¿Os imagináis si todos los días pudiésemos tener vacaciones? —continuó diciendo Pablo ignorante de la forma en que a su amigo le latía el corazón a cada frase.

—¡Oh, me encantaría! —respondió Mara contagiada del buen humor de sus compañeros—. De hecho, aprovecharía para leer tanto como Hamid.

Verse de pronto metido en la conversación pilló de sorpresa al genio, que estaba evaluando el nivel de estrés que sufría su amigo.

—¿Cómo? —preguntó confundido—. ¿A qué te refieres?

—A lo que has dicho antes en clase. ¿En serio has leído todos esos libros? —Aplaudió feliz cuando vio cómo el chico asentía inseguro—. A mí también me gustaría mucho.

—Pues es cuestión de sentarte y empezar.

—Ya —contestó la chica—, no te imaginas lo que necesito encontrar ese tiempo.

Lorenzo sentía resbalando por su espalda un sudor frío. A cada segundo que pasaba creía que sus amigos iban a meter la pata y empezar a pedir deseos sin pensar siquiera en las consecuencias.

—Hamid, ¿podemos hablar en privado? —le preguntó Lorenzo interrumpiendo la conversación que tenía con Marangely.

El chico asintió.

Ninguno de los dos dijo nada mientras se separaban del grupo hasta un lugar donde no pudiesen escucharles.

—¿Es ahora cuando me pides por favor que me vaya y que deje de causar molestias? —preguntó el genio de manera directa.

Más que cara de culpable, su amigo tenía una expresión de confusión.

—No, que va. —Por la forma de mirarle era como si ese pensamiento nunca hubiese estado en su mente—. Solo quería saber cómo lo soportas. A mí me va a dar un ataque de un momento a otro porque cada vez que abren la boca pienso que van a empezar a pedir tonterías y tú chasquearás los dedos.

El suspiro que soltó Hamid era de alivio.

—Entonces ¿no quieres que me vaya? —preguntó dubitativo.

—Para nada, pero dime ¿cómo lo haces para estar tan tranquilo?

El chico se encogió de hombros.

—Porque cuando salí de las cuevas decidí que tenía que darme igual lo que pasase de ese momento en adelante. La gente siempre desea y va a desear cosas toda su vida, y estoy harto de sentir que todo es culpa mía; como si las personas no fuesen responsables de lo que me piden.

A Lorenzo aquello le llamó la atención.

—¿Te arrepientes de algún deseo que has concedido?

—¿De alguno? —Hamid hizo una pausa con una sonrisa más culpable que feliz—. Recuerdo un rey que deseó que todos sus ciudadanos se bañasen a la vez porque olían fatal durante sus peticiones.

El chico le miró extrañado.

—Eso no me parece tan malo. Hay cosas peores que el que te manden a bañar.

—¿A todos a la vez? ¿Has oído hablar de lo que pasó en la Atlántida? —Comprobó que sí por la forma en que se le quedó mirando con la boca abierta y sin moverse—. Otro, en Pompeya, pidió que el calor calentase las casas de ricos y pobres por igual porque según él su parte de la ciudad era más fría. ¡Ah, sí! Y recuerdo un borracho en el Titanic que, como no tenían hielo para su bebida, deseó un cubito tan grande como una casa... ha habido unas cuantas cosas de las que no me siento especialmente orgulloso.

De hecho, iba a contar más anécdotas hasta que vio como Jorge se acercaba a ellos.

—Yo os voy a ir dejando —comentó el chico despidiéndose—. Quiero estudiar un poco para el examen de mañana.

—Pues mucha suerte. Espero que no tardes mucho en aprenderlo todo —le animó Lorenzo intentando sonar natural.

La risa de su amigo de la infancia era refrescante en medio de aquella locura.

—Yo también. Odio perder los días encerrado entre las lecciones; desearía conocer todas las respuestas del mundo sin tener que estudiar.

Lorenzo se quedó blanco cuando oyó el chasquido de los dedos. Se giró a tiempo para ver a Hamid con expresión culpable en la cara.

—¿Qué es lo que va a pasarle? —preguntó en cuanto Jorge se alejó.

Por la forma en que el genio evitaba su mirada sabía que nada bueno.

—Mañana sacará un diez. —La frase tenía cierto tono de malestar oculto entre líneas.

—Va a pasar algo más ¿verdad?

El rostro de Hamid pareció de pronto muy cansado.

—No deseó aprobar el examen, sino que a partir de ahora Jorge se sabrá las respuestas a todas las preguntas del mundo. —Una duda cruzó la mente de Hamid—. ¿Aún sigues queriendo que me quede?

Esta vez Lorenzo no respondió tan rápido.

11

El día siguiente debería haber empezado como otra cualquiera, pero Lorenzo estaba tan preocupado que esa mañana se negó a asistir al sitio donde quedaba cada día con sus amigos.

En lugar de eso, había ido directamente a clase y se había sentado con Hamid esperando el momento de enfrentarse a lo que estaba por ocurrir.

Aguardó en un silencio incómodo intentando no fijarse en la cantidad de veces que Jorge respondía una y otra vez a todas las preguntas que le hacían los profesores a lo largo de la mañana. Cómo si hubiese sido culpa suya, se fijó en que de vez en cuando Hamid le dirigía una sonrisa tímida y se encogía de hombros disculpándose por lo que había hecho.

Estaba tan preocupado que ni siquiera cuando sonó la sirena del recreo quiso bajar. Alegó que tenía que estudiar antes del examen y aunque sus amigos se extrañaron por lo raro que estaba hoy, no insistieron demasiado.

—Va a darme un ataque —sentenció cuando Hamid y él se quedaron a solas—. ¿Te has fijado cómo nos está mirando Antón?

El genio volvió a encogerse de hombros.

—Intento que no me moleste.

—Pero ¿no has buscado alguna excusa para cuando pregunte qué narices pasa con Jorge o cómo acabó ayer jugando al videojuego sin haber salido de clase?

Esta vez su amigo sí que esquivó la mirada.

—¿Buscar excusas? Te olvidas que yo no puedo mentir.

—Pero no vas a decirle que eres un genio.

Su amigo arrugó la nariz disgustado.

—Tan solo esperaba que no recuerde cómo llegaron a casa y no le diese más vueltas al asunto.

Lorenzo se le quedó mirando incrédulo.

—¿En serio crees que va a ser eso posible con Antón de por medio?

La débil esperanza del genio murió con aquella información que ya conocía.

—Lo que sí que me parece es que después del examen lo mejor será que me vaya. —Tal y como esperaba, no le interrumpió—. No te preocupes por mí, ha sido divertido salir de la cueva por una vez, pero mi destino no está en este pueblo.

Lorenzo comprendía que su amigo esperaba que dijese algo, que esperaba su apoyo tal y como le había prometido todo el tiempo desde que se conocieron. Pero no podía, por eso esquivó su mirada cuando habló.

—¿Y qué harás?

Hamid suspiró sintiéndose muy cansado de repente.

—Volveré a encerrarme en otro sitio. Uno más alto y más difícil de escalar para cualquiera. Un lugar donde ya nunca nadie me encuentre. No quiero crear más problemas a la gente.

—Lo que ha pasado no es culpa tuya. —Y eso hacía que Lorenzo se sintiese la peor persona del mundo por no poder apoyarle cuando más lo necesitaba—. Lo único que han pasado son tonterías...

—Hasta que pase algo serio. —Las palabras de Hamid no le culpaban, ni siquiera encontró en reproche alguno en la forma en que le miraba, lo entendía—. Gracias por esta oportunidad, pero será mejor dejarlo antes de que pase algo que no podamos arreglar.

Oír eso le rompió el corazón a Lorenzo, que no supo qué decir. Por un lado quería prometerle que todo saldría bien, que podían esforzarse en conseguir que el mundo le aceptase. A lo mejor si todos llegaban a quitar la palabra deseo de su vocabulario... Aunque claro, luego estaban esas personas que cuando descubriesen lo que Hamid era capaz de hacer vendrían a por él para que cumpliese cosas peores que jugar a un videojuego o saberse las respuestas de un examen.

Podía prometerle muchas cosas, pero ambos sabían que mentiría y ahora veía el verdadero tamaño del problema.

A medida que la gente volvía a entrar en clase, los nervios típicos del examen se deslizaron entre los alumnos como un fuego entre paja seca. Sin embargo, para los dos amigos, aprobar ya no era tan importante como la profunda tristeza que les estaba embargando.

Lorenzo no dejaba de culparse. Había descubierto a un ser único y maravilloso y le había dado esperanzas enseñándole un mundo en el que nunca jamás podría vivir. Había prometido apoyarle, comprenderle y ser su amigo. Había... había sido cruel.

El profesor Edwin pidió silencio antes de repartir las hojas con las diez preguntas; pero no podía prestarlas atención. En estos momentos, ni siquiera le molestaba la mirada inquisitiva que le dirigía Antón cada pocos minutos.

Toda su atención estaba centrada en su amigo, el

genio, que respondía las preguntas del examen con lágrimas en los ojos. Lloraba. Lloraba en silencio porque sabía que ese era su último día entre la gente, y era por su culpa. No había sabido ser tan buen amigo como se había creído en un principio.

—Quédate. —El susurro fue tan bajito que Hamid se volvió confuso, como si no estuviese seguro de haberle oído—. Déjame arreglarlo.

Iba a añadir algo más cuando el tutor les interrumpió.

—¡No quiero oír ni una mosca!

Todos bajaron la vista hacia el papel para no ser víctimas de su ira. Incluso Lorenzo, que de vez en cuando echaba miradas furtivas al genio, obedeció.

Según pasaban los minutos, una pequeña idea empezó a crecer en el cerebro del adolescente. Una pequeña semilla que fue creciendo hasta volverse algo a tener en cuenta.

A lo mejor, si tenían suerte, Hamid no tenía por qué irse. Tan solo tenía que conseguir que todos en el pueblo gastaran sus deseos en cosas ridículas como había hecho Antón.

Esa era la solución.

Había un deseo por persona y, si todos pedían tonterías, ni siquiera se darían cuenta de que un genio se lo estaba concediendo. Era un plan brillante. Estaba deseando contárselo a Hamid y ver su expresión.

Aunque antes de hacer nada, debía acabar con aquel examen y sacar por lo menos un aprobado si no quería que su padre se enfadase con él durante el resto de su vida.

Leyó la primera.

¿En qué año se escribió el Quijote?

Como si eso fuese tan importante. La felicidad de un genio estaba en sus manos y le preguntaban por tonterías.

¿Cómo se llama su autor?

¿No lo había dicho ayer mismo Hamid? Si hubiese prestado a tención...

En fin, estaba seguro de que aquellas diez preguntas le costarían un rato. Aunque ahora sí podía concentrarse un poco.

Levantó la vista para ver cómo Jorge revisaba su examen con la boca abierta como si no pudiese creerse lo que había hecho. Claro, ahora tenía la respuestas a todas las preguntas mientras que él tenía que concentrarse para recordar lo poco que había estudiado.

Encima, mientras lo hacía, tenía que intentar no pensar en todas las variables posibles de su plan si alguien deseaba por error alguna estupidez peligrosa.

El destino de una persona en sus manos y le preguntaban por El Quijote. La vida no era justa...

12

A medida que cada alumno iba terminando, entregaba sus respuestas y salía por la puerta. Por eso Hamid, que quería esperar a que su amigo acabase, sentía que le distraía más que otra cosa debido a las continuas miraditas que Lorenzo le dirigía.

Lo que le ponía más nervioso era esa sonrisa que tenía en la cara como si nada le preocupase. Como si el hecho de decirle que se iba a algún punto lejano del planeta donde no tendría ningún trato con humanos le hubiese relajado.

¿Le puso alegre el que decidiese irse?

Era vomitivo. Asqueroso. Y él que le había considerado su amigo.

De pronto el aula le pareció muy pequeña. Necesitaba irse, respirar, así que hizo lo que los demás y salió fuera.

El patio era lo bastante grande para estar solo y no se hubiese acercado a los amigos de Lorenzo si Mara no le hubiese hecho gestos en cuanto le vio aparecer por la puerta.

—Hola —saludó Hamid levantando la mano al grupo—. ¿Qué tal os ha ido el examen?

—Perfecto —aseguró Jorge—. No te lo vas a creer, pero jamás he estado tan seguro de nada. Es como si todas las respuestas hubiesen venido a mi mente y mis manos hubiesen escrito solas, punto por punto.

—Pues me alegro de que estés contento. —Luego, dirigiéndose a Antón, Hamid le preguntó—. ¿A ti qué tal te ha ido?

Estaba tan nervioso, que sin querer le dio una palmada en la espalda en señal de amistad. El empujón que recibió a cambio fue tan fuerte que perdió el equilibrio y cayó de bruces contra el suelo.

—¡No me toques, rata de cloaca!

—¡Antón! —le gritó Mara interponiéndose entre los dos muchachos—. ¿Estás loco?

—¡No quiero que me toque!

—¡No te ha hecho nada! —le chilló la muchacha.

—Me ha tocado. ¿Te parece poco? Me ha tocado y es suficiente.

—¡A ti que te pasa! —gritó Hamid poniéndose en pie y enfrentándose a él—. ¿Se puede saber qué tienes contra mí?

Aquel bruto le miró enfadado como si tuviese las entrañas con el odio más absoluto.

—Que eres raro —le dijo con desprecio—. No sé qué tienes, pero sé que escondes algo y cuando lo descubra pienso hundirte.

Aquella frase dañó al genio más de lo que lo había hecho la caída.

—Yo no te he hecho nada —alegó como si eso fuese suficiente excusa para que le tratase bien.

Antón apretaba los puños contra su costado con ira mal retenida intentando, con un esfuerzo descomunal, no abalanzarse sobre él.

—No vuelvas a acercarte a mí —le amenazó en un tono bajo y peligroso—, no vuelvas a tocarme, no vuelvas a mirarme siquiera o te arrepentirás.

Toda réplica murió en los labios de Hamid cuando, sujetándole del brazo, Mara le dirigió un gesto para que lo dejase así.

—No te he hecho nada —se defendió el genio con voz confusa—. No merezco que me trates así.

Por la forma despectiva en que Antón le observó,

se dio cuenta de lo patético que era a sus ojos en ese momento. Al alejarse del genio, el muchacho no disimuló su paso furioso.

—Discúlpale —le pidió Mara a Hamid con cierta culpabilidad en la voz—. Él no quería decir nada de eso.

—Pues parecía tenerlo bastante claro —se burló el genio con autocompasión—. Parece ser que no estar en sus estándares de lo que considera normal es malo para la salud.

Al mirarle, la chica se mordió el labio inferior debatiendo consigo misma.

—No debería contarte esto. Si lo hago es solo para que le comprendas. La razón de que se comporte así es por su padre.

Hamid elevó los ojos hacia el cielo rogando por algo de paciencia.

—¿Y qué le he hecho yo a su padre si se puede saber? Ni siquiera le conozco...

El combate con su silencio ya estaba perdido mucho antes de que Mara abriese la boca.

—Tuvo un accidente... —prosiguió Jorge metiéndose las manos en los bolsillos del vaquero sin mirarle a la cara.

—Pero eso no fue culpa mía —protestó Hamid alertado.

La muchacha, poniendo la mano en su brazo, le pidió un poco de paciencia y el genio guardo silencio permitiendo a Pablo seguir con la historia.

—Un hombre chocó contra él en coche y lo mandó al hospital. Lleva seis meses en coma. Desde entonces...

—... ha cambiado —terminó la frase Marangely con

tono triste—. Ha cambiado mucho.

Hamid asintió.

—Pero me odia a mí. Yo no tuve nada que ver.

—No, no es a ti —le aseguró la chica—. Es que aquel hombre era árabe y creo que debido a tu procedencia...

Esa fue la guinda que decoró el pastel.

—Eso no es justo —protestó Hamid muy indignado—. Es como si yo culpase a todo el mundo por...

—Lo sé —le interrumpió Mara—. No queremos excusarle, pero si le llegas a conocer antes del accidente de su padre, te habría caído bien. Era un chico increíble. Nunca se enfadaba ni se ponía violento.

—Me cuesta imaginarlo —respondió el genio en tono burlón.

—Lo era —contestó Mara ignorando a propósito la ironía en la voz de su compañero—. Tenías que haberle visto antes. Desearía que su padre se recuperase de una vez para que tuvieses la oportunidad de ver al verdadero Antón, el antiguo chico sin prejuicios ni ira.

El chasquido en los de los dedos del genio fue instantáneo y, por primera vez en su existencia, algo en el interior de Hamid se abrió.

Fue como si un millón de helados de vainilla se derritiesen en sus papilas gustativas envueltos en retazos de chocolate blanco para dar una sensación de placer según se deslizaban por su garganta y extendían la sensación desde su estómago a todas sus extremidades.

Eso le hizo sonreír.

A lo largo de sus muchos años de vida, se había preguntado mil veces cómo sabría reconocer un deseo puro de otros que no lo eran; incluso había creído, en un par de ocasiones, que ya había concedido alguno de ellos.

Pero no. Ahora estaba seguro. Ahora notaba lo diferente que se sentía, que se veía todo. Incluso Mara, que tenía aún la misma tristeza en los ojos, se veía más resplandeciente que nunca, , como si tuviese un aura a su alrededor que no hubiese visto en ningún otro ser humano hasta ese momento.

—lo que has dicho ha sido muy bonito —se sinceró Hamid con el corazón palpitándole a toda velocidad.

—Lo he dicho sincera —respondió la muchacha—, ojalá tengas la oportunidad de ver la clase de chico que es Antón.

Hamid quiso decirle que lo vería, quería asegurarla que haría cualquier cosa que ella le pidiese a partir de ese momento y confesarle lo importante que había sido en su vida el conocerla; pero no pudo. Por la puerta venía Lorenzo a toda velocidad y traía una mirada extraña en los ojos.

—Siento el retraso —pidió Lorenzo—. Jorge, tengo algo que preguntarte. ¿Puedes decirme lo que es Hamid en realidad?

—Un genio —respondió el chico sin dudar.

13

Que de buenas a primeras revelase así su secreto no pudo ofender más al genio. Todo su ser ya estaba preparado para huir mientras una mezcla de tristeza y desilusión emponzoñaba lo que un segundo antes era felicidad.

—Así que Hamid es un chico muy listo —afirmó Mara examinándole con curiosidad—. Ya me lo parecía cuando dijo lo que significaba mi nombre.

—No, no me refiero a eso —la cortó Lorenzo acercándose a su amigo, al que notaba a punto de echar a correr—. Él es un genio de esos que cumplen deseos y tenemos que ayudarle.

—¿Ayudarle? —preguntó Jorge mirando a Hamid como si fuese alguien distinto—. ¿A qué?

—A que se quede. A que tenga una vida normal entre nosotros.

—No entiendo —interrumpió Pablo—. ¿Es un genio que concede deseos?

—Sí —confirmó Lorenzo.

—Pero ¿de verdad?

—Sí —confirmó su amigo haciéndole gestos de impaciencia.

—¿Y puedo pedirle algo?

—Ya lo hiciste —le informó Hamid—. Deseaste una mochila llena de gominolas el día que me conociste ¿recuerdas?

Durante un instante, el chico se puso pálido y luego, comenzando a reírse, añadió:

—Estaban muy buenas.

—¿Y yo? —quiso saber Jorge—. ¿Pedí algo? Sí, saber las respuestas a todas las preguntas.

Al responderse se quedó sorprendido, sin poder creerse lo que acababa de hacer.

Mara, que tenía las manos en la boca y las mejillas sonrojadas, tenía en los labios una pregunta que no se atrevía a hacer.

—Sí —la confirmó Hamid con timidez—. El tuyo también.

Aquella confesión hizo que los ojos de la chica se poblasen de lágrimas.

—Te ayudaremos —confirmó Mara feliz—. Dalo por hecho.

—Me apunto —señaló Jorge.

—¿Gasté un deseo en pedir dulces? —preguntó Pablo incrédulo.

—Sí —respondió Lorenzo—. ¿Nos ayudarás?

—¿Y no podré pedir nada más, como un Ferrari o una mansión?

—No.

La manera en que Pablo bajó los hombros era de resignación.

—Vaya, me habría gustado un Ferrari.

—¿Nos ayudarás? —inquirió Lorenzo con paciencia.

—Claro que sí.

Todos sonrieron a la vez, orgullosos, mientras Hamid les miraba uno a uno sintiéndose integrado en algo grande. Por primera vez en su existencia se sintió arropado y protegido y, sea lo que fuese a pasar a partir de aquel momento, por lo menos no estaba solo.

—¿En qué consiste tu plan? —interrogó Mara a Lorenzo.

El chico le dedicó una sonrisa enigmática y esperó

unos segundos creando tensión ambiental.

—Tenemos que conseguir que todo el mundo pida un deseo tonto sin darse cuenta de lo que están haciendo. Que la gente lo gaste sin que sepan que hay un genio en el pueblo.

Los chicos se miraron unos a otros.

—La idea no es mala —concedió Jorge.

—Entonces ¿estáis conmigo?

—¡Sí! —gritaron todos a la vez como si fuesen caballeros unidos ante una tarea sagrada.

Nunca Hamid se había sentido más a salvo, apreciado y querido. ¿Eso es lo que se sentía cuando se tenían amigos de verdad? Era una sensación que atesoró en su interior y que nunca querría olvidar.

—¿Por dónde empezamos? —preguntó.

—¿Qué os parece por el grandullón? —bromeó Pablo al ver cómo Antón se dirigía hacia ellos malhumorado.

—Dejadme hablar a mí —pidió Mara con una sonrisa—. Sé lo que puede calmarle.

Todos estuvieron de acuerdo.

—¡Qué! ¿Tengo monos en la cara? —preguntó Antón por la forma en que todos le miraban cuando se llegó hasta ellos.

—No es eso —concedió Marangely feliz, impaciente por darle la buena nueva—. Tan solo vas a tener que empezar a colaborar con nosotros en ayudar a Hamid. Nos necesita.

—¿Que nos necesita?

—Sí.

La mueca venenosa que puso Antón no podía estar más alejada de una sonrisa.

—Antes de ayudar a ese desgraciado, desearía que

el colegio se llenase de zombis que quisieran comerse nuestros cerebros.

14

Había sido un comentario desafortunado. Una broma estúpida hecha en un mal momento. Aun así, el chasquido de los dedos y un grito proveniente del fondo del patio avisó a Lorenzo de que aquello podía acabar mal, muy mal.

—Eres idiota —sentenció el chico mirando a Antón con dureza—. ¿No podías haber tenido tu bocaza cerrada por una vez?

El bravucón se estiró intentando intimidarle con su tamaño, y se mostró sorprendido cuando vio que no funcionaba.

—¿Vas a ponerte de su lado? —preguntó molesto sin poder creérselo—. ¿Después de lo que me pasó con...?

—¡Él no fue quien conducía! —le gritó Marangely molesta—. Fue un accidente Antón, un desafortunado accidente causado por una persona a la que le fallaron los frenos.

—¡No! —chilló enfurecido—. No fue una persona, fue un árabe que...

—¡A mi madre se la llevó el mar! —exclamó de pronto Lorenzo con todo el dolor de su alma—. Pero no voy culpando a cada gota de lluvia por lo que pasó aquel día.

Que por primera vez mencionase a su madre fue algo que detuvo la ira de Antón al instante. Confuso, miró a Hamid como si no comprendiese lo que estaba pasando.

—Una persona tuvo un accidente y perdiste a tu padre y otra, llamada Hamid, te lo devolvió —dijo Mara dirigiendo una significativa mirada al genio.

—¿Cómo? —La confusión de Antón se multiplicó por mil—. ¿A qué te refieres?

Fue Hamid quien habló.

—¿Recuerdas cuando deseaste que se llenase el colegio de zombis antes que ser mi amigo? —Antón asintió. Hamid señaló a su espalda a un no muerto que se acercaba a ellos con cara de hambre—. Ahí tienes lo que querías. Mara, en cambio, deseó que tu padre mejorase.

—Pero ¿cómo?

El gigantón no sabía si le sorprendía más la declaración de que su padre estuviese bien, o ver a la señora Karel, la profesora de biología que el año pasado murió en su casa, ir hacia ellos.

—Es largo de explicar. —Hamid ya estaba retrocediendo mientras vigilaba a unos cuantos más de aquellos zombis que estaban apareciendo por todas partes—. Podemos quedarnos y hablarlo tranquilamente mientras ellos nos devoran o...

—¡Correr! —chilló Jorge lanzándose al interior del colegio.

La pandilla de amigos nunca estuvo más de acuerdo en nada. Corrieron como si un grupo de seres que ansiaban alimentarse de sus cerebros les persiguiese, porque así era.

Por las escaleras, como una muchedumbre enloquecida, una horda de no muertos se apoderaba del patio a medida que los estudiantes huían al interior de la escuela.

—¡Aún no han entrado todos, esperad, no cerréis las puertas! —chilló Lorenzo en cuanto vio que algunos de sus compañeros pretendían dejar a la gente fuera.

El empujón que Antón le metió a un chico de

unos catorce años que le doblaba en tamaño, hizo que los demás muchachos se replanteasen seguir cerrando.

—¿Es que no oís lo que os están diciendo? —les bramó Antón molesto—. ¡Esos a los que abandonáis son vuestros amigos!

Avergonzados, algunos de los muchachos apartaron la mirada mientras que otros decidieron que salir fuera era mejor que enfrentarse a sus conciencias.

—¿Alguien sabe cómo podemos cerrar las puertas para que los zombis no entren? —preguntó Marangely.

De manera automática, como si la respuesta fuese obvia, Jorge habló.

—Las llaves están en el bolsillo derecho del director Hamilton, que aparecerá por las escaleras en cinco segundos.

Tal y como había predicho, el director apareció con cara de espanto examinado aquel griterío y terror a su alrededor.

—Disculpe, señor —le pidió Pablo metiendo la mano en su bolsillo derecho—. Las necesitamos.

—Pero qué...

No tuvo tiempo a replicar nada, ya que aquel chico ya se estaba alejando mucho antes de que terminase la frase.

—¿Qué más podemos hacer? —preguntó Pablo de manera directa.

Jorge, tan nervioso y asustado como el que más, quiso gritar que no lo sabía, que solo quería irse de allí vivo. En lugar de eso, con voz calmada, dijo:

—Las puertas son de cristal, deberíais mover las taquillas para bloquearlas y que no les sea tan fácil a los zombis pasar. Junto a los extintores hay hachas para aquellos de nosotros que se consideren lo bastante diestros como para no cortarse un brazo si la usan y los más pequeños deberían ir arriba para aumentar su supervivencia.

—¡Ya habéis oído! —ordenó Lorenzo organizando grupos. Se acercó a dos muchachos que le parecieron los más fuertes—. Tú y tú moved taquillas, Antón coge hachas para los que creas que serán capaces de usarla y que alguien se lleve a los pequeños arriba.

Pablo, tras cerrar las puertas, se sobresaltó cuando, al levantar la vista, descubrió que uno de los zombis ya había llegado y se golpeó la cara contra el cristal.

El ser en cuestión tenía síntomas de putrefacción por toda la piel y la mirada perdida le buscaba intentando comprender por qué no podía clavar sus dientes en aquella cabeza que tenía tan cerca.

—Ese es el señor Guaica, el de mantenimiento que murió por un cáncer—señaló el muchacho conmocionado—. Y ese de ahí es...

—Estoy convencido de que les hará mucha ilusión que les recuerdes —le cortó Lorenzo alejándole de las puertas—. Aunque casi mejor que te apartes.

Los chicos que había elegido no le defraudaron y no tardaron mucho en aparecer arrastrando las taquillas con cierta dificultad. No les fue difícil irlas colocando una al lado de la otra a modo de barrera y mucho menos cuando otros muchachos se unieron para ayudarles. Antón, que había escogido a unos cuantos fortachones en su grupo, apareció blandiendo desafiante el hacha que iba a usar como arma.

—He mandado a unos cuantos para que recorran el edificio buscando más, pero de momento tenemos tres hachas —informó a Lorenzo—. Si algún zombi entra, podemos luchar.

—¿Y si entran todos? —preguntó Marangely.

—Moriremos —contestó Jorge.

En su voz no había duda, pero su cara era el reflejo exacto de todo el miedo que compartía con el resto de la gente.

—¿Qué está pasando? Que alguien me lo explique —pidió el señor Hamilton asustado—. ¿Qué hacéis con esas hachas? ¿Qué son esas cosas de ahí fuera?

Francis, un niño de nueve años muy bajito para su edad, se rió.

—Son zombis, señor. Debería leer menos libros y ver más televisión —se burló.

—Pero eso es imposible... los zombis...

—Estaré de acuerdo en explicárselo luego —le informó Antón—. Pero antes, si me lo permite, llévese a todos los niños que pueda a la zona de arriba con los profesores.

El director asintió extrañado de aceptar las órdenes de un niño con tanta facilidad. Iba a bromear sobre ese asunto cuando un grito les anunció que las cosas habían empeorado.

—Han entrado por la puerta lateral —informó una chica que llegaba a todo correr—. Están entrando muchísimos.

El pánico se adueñó de todos los presentes, que empezaron a subir por las escaleras aterrorizados sin respetar ni edades, ni amistades. Aquello era un sálvese quien pueda en toda regla. Fue en ese preciso instante, en pleno caos, cuando Lorenzo se fijó en un detalle que no dejaba de darle vueltas por la cabeza.

—¿Alguien ha visto a Hamid? —preguntó.

15

Todo era culpa suya. Él y su maldita manía de intentar encajar en el mundo humano. Cómo si ser un genio no fuese ya lo bastante complicado sin proponerse hacer cosas imposibles.

¿Normal? ¿Desde cuándo uno de su especie había necesitado ser normal? ¿Tener amigos? ¿Ir a clase? Él, que tenía todos los poderes del universo a su alcance, que tenía todo el saber de la humanidad en sus libros, él... que quería que Lorenzo le apreciase mientras jugaban con otros chicos.

Lo había vuelto a hacer. Lo había destrozado todo. Iban a morir. Lo peor era que no sería rápido, como en aquella escapada de las cuevas que había hecho en el dos mil seis cuando un chico deseó que él, y todos sus amigos de la fábrica de Chernóbil, tuviesen vacaciones indefinidas. Antón había sido muy explícito y pidió que los zombis les comiesen el cerebro.

Eso debía doler mucho, muchísimo.

Unos gritos le hicieron acurrucarse aún más en el baño donde se había escondido. No quería salir, no quería mirar lo que iba a suceder.

Las voces aumentaron en potencia y, aunque era imposible, Hamid apostaría que le estaban llamando a él.

¿Para qué? ¿Para provocar más caos? ¿Para hacer daño a más amigos? Lo mejor era quedarse allí quieto sin hacer nada y dejarse comer él también.

Aunque claro, no tendría tanta suerte. La magia era muy lista y sabía a quién debía dejar vivo para seguir creando el caos. Le dejaría vivir para que pudiese volver a refugiarse a su cueva hasta que algún imprudente volviese a encontrarle.

Pero esta vez sería diferente. Si sobrevivía, nunca más saldría, jamás. Estaba tentado a escoger una cueva de la luna para irse a vivir si hacía falta.

Se sobresaltó cuando Lorenzo, de una patada, entró allí seguido por todos sus amigos.

—¿Se puede saber qué estás haciendo? Vámonos ya, los zombis están llegando.

El genio apartó la mirada avergonzado.

—¿Cómo me habéis encontrado?

—No fue difícil —informó Mara—. Se lo preguntamos a Jorge.

El chico se estiró orgulloso.

—Lo sé todo. Tiene ciertas ventajas que nunca habría imaginado.

—Se acercan —avisó Pablo nervioso—. Será mejor que subamos con el resto.

—Allá arriba estaremos todos encerrados —les explicó Hamid—. ¿No entendéis que no hay salida y es por mi culpa?

—Siempre hay una salida —le animó Lorenzo ayudándole a levantarse del suelo.

—¿Y alguien puede decirme cuál es?

La pregunta de Hamid había sido hecha desde la desesperación de la impotencia, en ningún momento esperó que Jorge le respondiese.

—Basta con que otro chico pida un deseo.

Todos se giraron hacia él con la boca abierta.

—Es cierto —murmuró Pablo—. Cualquiera de los que está allí arriba puede pedirlo.

Lorenzo examinó a Hamid que seguía estupefacto.

—¿Funcionaría?

El chico arrugó la nariz antes de responder.

—Sí. Claro que sí.

—Entonces ¿a qué estamos esperando? —les apremió Antón, que movía el hacha desafiante ante la cercanía de los zombis.

Todos corrieron, y hubiesen llegado a la escalera si un grito a su espalda no los hubiese detenido.

—¡Socorro! —chilló Marangely cuando uno de los no muertos la agarró por el pelo.

Imponiéndose con toda su fortaleza física, Antón se abalanzó sobre el monstruo para que la soltase provocando que perdiese el equilibrio.

—¡Corred! -ordenó, moviendo su hacha de izquierda a derecha rogando porque sus amigos le hiciesen caso y cogiesen ventaja.

No lo tuvo que repetir. Todos subieron escaleras arriba sin parar.

El tercer piso, donde todos los chicos del colegio estaban apelotonados, era un hervidero de miedo, sudor y confusión. Los allí reunidos lloraban y maldecían asustados por todo el pasillo mientras echaban miradas furtivas a los seres que subían por la escalera en dirección a ellos.

—No hay otra forma de bajar —informó el director Hamilton—. Si esas cosas llegan hasta aquí...

Dejó la frase en el aire. Como si esos niños necesitasen más miedo en su organismo.

—Es tu turno —susurró Marangely al oído de Lorenzo.

El chico la miró con el pulso acelerado. Hablar en público nunca se le había dado bien, pero ahora sus vidas dependían de que uno de aquellos chicos le escuchase y le hiciese caso.

Respiró evaluando a Hamid, que asintió con la cabeza, dándole ánimo antes de dejar que su voz sonase.

—Oídme. —nadie le hizo caso. El bullicio era tal, que estaba seguro que ni siquiera le veían por los nervios—. ¡Vamos a morir todos! —Si lo que pretendía era que la gente le escuchase, aquella frase consiguió un silencio sepulcral—. Están subiendo zombis, pero podemos salir de aquí ilesos.

Tal y como esperaba, una voz más fuerte que los susurros de los demás se hizo oír.

—¿Cómo?

Aquella era la pregunta clave. Señaló a su amigo Hamid.

—Él es un genio, solo puede conceder un deseo por persona, pero podemos salir de aquí vivos.

La gente puede ser muy desconfiada, pero cuando unos zombis suben por la escalera para comerte el cerebro era increíble la facilidad con que los allí reunidos aceptaron lo que dijo sin preguntar.

—Deseo estar en casa con mis padres —pidió uno de los chicos.

El chasquido de dedos que sonó, provocó una ola de sorpresas cuando vieron que el muchacho había desaparecido.

—Deseo estar en casa de mis padres —repitió una niña de doce años.

—Y yo. —Todas las voces se hicieron una mientras los niños desaparecían para ir a casa de sus padres.

—¡No, esperad! —pidió Lorenzo asustado.

Nadie le escuchó. Todos y cada uno de los chicos fueron desapareciendo de allí. Incluso el director, el señor Hamilton, cerró los ojos ante la súplica que vio en los de Lorenzo antes de desear estar bien lejos de la escuela.

Desapareció. El director había huido de allí como el resto de los niños, dejándoles solos frente a un centenar de zombis.

16

—¡Serán cobardes! —bramó Marangely sin poder creérselo todavía—. ¿Y nosotros qué? ¡Nos han dejado aquí solos!

Dejándose caer de rodillas, Lorenzo miró el lugar donde el último de los chicos había pedido su deseo antes de desaparecer. A estas horas ya estarían todos en casa de sus padres sanos y salvos.

—¡Tenemos que movernos! —chilló Antón intentando sin éxito amedrantar a los monstruos con sus inexpertos golpes de hacha.

—No hay otro sitio al que ir —susurró Lorenzo sin esperanza—. No podremos salir de aquí.

Con tristeza miró a Hamid que asintió cuando supo lo que pensaba.

—No pasa nada —concedió el genio—. Lo entiendo, el tuyo es el único deseo que nos queda.

Que fuese tan comprensible solo hacía que el fallarle fuese más doloroso. Había prometido no hacerlo, no usarle. Puede que el peligro fuese inminente, pero la tristeza que vio en Hamid cuando le conoció aún le perseguía.

A su alrededor los zombis avanzaban hambrientos en pos de su comida. No aguantarían mucho más.

—Perdóname —suplicó—. Nunca quise que las cosas pasasen así.

—¿Te crees que yo sí? —bromeó Hamid con indulgencia.

Todo estaba dicho. No hacían falta más palabras. Lorenzo se puso serio intentando estar a la altura de la situación.

—Deseo   que…

El dolor punzante que sintió cuando el mango del hacha le golpeó en la sien hizo que la luz desapareciese.

—¿Pero qué has hecho? —chilló Pablo tirándose al lado de Lorenzo.

—No le vi —se disculpó Antón preocupado por su amigo—. Lo siento, de verdad que no le vi.

—¡Movámonos! —ordenó Mara cogiendo uno de los brazos de Lorenzo—. Ayudadme, hay que salir de aquí.

Jorge se lanzó a coger a su amigo y arrastraron al inconsciente muchacho mientras Antón seguía intentando mantenerles a raya a los monstruos.

—¿A dónde vamos? —preguntó Pablo—. No podemos bajar de aquí.

—Hay que dar tiempo a los cuerpos especiales para que lleguen —contestó Jorge de manera automática—. Esperemos que alguien les haya avisado, pero de momento será mejor que vayamos al último aula.

Corrieron lo que sus fuerzas les permitieron adentrándose en el último de los pasillos. Pablo se apresuró a abrir la puerta y al entrar en el aula chilló.

—¿Se puede saber a qué viene ese grito? —le preguntó Edwin quitándose los cascos de música con los que estaba corrigiendo los exámenes—. Me has dado un susto de muerte.

—¿Yo a usted? —preguntó incrédulo el muchacho—. ¿Es que no ha oído lo que está pasando ahí fuera?

—Tenía esto puesto a todo volumen ¿se puede saber por qué estás tan alterado?

No había oído nada. El profesor estaba allí,

tranquilo, mientras una horda de zombis hambrientos asaltaban la escuela.

—¡Entrad! —ordenó Pablo con urgencia—. Está limpio.

Cuando los chicos trajeron a Lorenzo a rastras Edwin brincó de la silla e iba corriendo en su auxilio cuando le detuvo la visión de Antón que entró blandiendo un hacha.

—¿Se puede saber qué es lo que pasa?

—¡No he sido yo! —protestó Antón ante la forma en que su tutor le estaba mirando.

—¡Sí que has sido tú! —le chilló Marangely.

—Vale, he sido yo, pero no quería.

Aún confuso, Edwin se acercó a examinar a Lorenzo, cuando por la puerta apareció un ser en cuyo rostro estaba dibujado la expresión de la muerte.

Sin pensar, Edwin quitó el hacha de las manos de Antón y golpeó al no muerto haciendo que se tambalease lo bastante como para poder cerrar la puerta.

—La mesa —mandó, mientras se esforzaba en sujetar la puerta que empezaba a recibir los primeros golpes—. Poned la mesa y todo el peso que podáis. Y que alguien me diga qué demonios es eso.

Todos los chicos empezaron a mover cosas contra la puerta en un intento imposible de contener la avalancha.

—¿Qué tal está Lorenzo? —preguntó Hamid preocupado.

—No lo sé —confesó Marangely—. Está sangrando mucho.

La fuerza con que la horda de no muertos empujaba era demasiada y, a pesar del esfuerzo que hacían, poco a poco la puerta empezó a ceder.

Cuando una mano se metió y agarró del pelo a Pablo, chilló asustado a la par que intentaba alejarse sin éxito.

—No te muevas —ordenó Edwin y con un preciso golpe del hacha, cortó la mano al zombi.

Pablo se alejó corriendo de allí y Antón, sin contar con más apoyo, se vio superado.

—¡No puedo más! —gritó antes de apartarse, de un salto, de la puerta.

Sin esperanza, Edwin se giró examinando el rostro aterrorizado de los muchachos sin saber qué hacer. Ni siquiera tenía claro qué les estaba atacando o cómo enfrentarse a ello.

No tenían ninguna posibilidad de salvación. Eran sus chicos, era su profesor, eran su responsabilidad, debería poder hacer algo por ayudarles, aunque él cayese en el proceso.

—Desearía poder salvaros a todos —susurró, más para sí mismo que para que le oyera nadie.

Un millón de regalices con pica pica con el suave e intenso aroma de los croissant recién hechos, fue lo que Hamid sintió cuando chasqueó los dedos. Aquella magia que ahora mismo le envolvía era un poder sin parangón en su existencia.

En sus venas la fuerza misma de la creación le llenaba de una energía tan poderosa como incontrolable, mientras que un agradable cosquilleo acompañaba a sus articulaciones que, por un instante, le pareció que querían agrandarse.

Cuando el placer le permitió abrir los ojos, tenía frente a él a un anonadado Edwin con una escopeta de Wii en las manos. El juguete parecía demasiado pequeño, inofensivo a primera vista.

—Dispara —ordenó el genio—. Acaba con todos.

No le entendió. A Edwin ni siquiera le gustaban mucho las consolas de videojuegos; pero cuando el primer zombi cruzó la puerta, disparó.

El humo negro en el que se transformó aquel primer monstruo arrancó un grito de triunfo tanto al profesor como a los chicos.

—Dispara a ese —pidió Antón a otro de los zombis que estaba entrando.

Lo hizo, pero esta vez no pasó nada.

17

—¿Qué ocurre? —preguntó Edwin examinando aquella escopeta de juguete con curiosidad— ¿Qué tengo que hacer ahora?

—Recarga —informó Jorge.

—¿Y las balas? —preguntó el profesor.

El chico le miró con una sonrisa.

—Es como en la Wii, las balas son infinitas, solo tienes que recargar para que funcione.

Echó el guardamanos hacia atrás, tal y como habría hecho con una escopeta de verdad, y volvió a apretar el gatillo. El segundo zombi se volvió humo ante vítores de alegría.

Volvió a recargar y un tercer zombi desapareció entre aplausos.

La puerta cedió ante la avalancha de monstruos que tenía tras ella, pero no hubo gritos de miedo. Con una escopeta de juguete, uno tras otro los zombis fueron transformándose en humo.

—¿Me dejas disparar? —pidió Pablo animado.

El profesor le miró con reticencia.

—No estoy a favor de dejar jugar a un niño con un arma.

—Tengo la Wii en casa -explicó el muchacho con una sonrisa—, pero esto es diferente. Siempre soñé con el momento en que pudiese matar zombis de los de verdad.

—Yo también —suplicó Antón—. Por favor

—Y yo —pidió Jorge.

—A mí también me gustaría —confesó Marangely— . Me encantan las películas de zombis.

—¿Se puede saber qué vicios os gustan a los chicos

de ahora? —preguntó Edwin extrañado mientras pasaba la escopeta a la chica—. Yo a vuestra edad solo quería jugar a las canicas.

Mara, cargando el arma, disparó a la cabeza del antiguo señor Trupper, el profesor de música que había muerto de un infarto justo después de suspenderla, provocando que otro de aquellos monstruos se volviese humo.

—Bienvenido al siglo XXI, profesor.

Uno a uno todos los zombis iban desapareciendo con el sonido de fondo de los chicos riendo. Fue ese sonido el que despertó a Lorenzo de la inconsciencia.

—¿Qué pasa? —preguntó a Hamid que seguía sujetándole la mano.

—Que viviréis.

—Eso es bueno —comentó el chico—. Aunque si es bueno ¿por qué estás llorando?

El genio apartó la vista de su amigo mientras guardaba en su recuerdo el esfuerzo que hacía aquel grupo por deshacerse de los monstruos que había creado. Se les veía felices, y eso es lo que quería recordar cuando todo pasase.

La aventura había terminado bien, pero demasiada gente sabía ya lo que era. Los unos hablarían con los otros y los otros con unos cuantos más y no importaba que tan locos pensase la gente que estaban en esa ciudad, siempre habría alguien que lo creería.

En aquel extraño pueblo, donde unos niños se habían enfrentado y sobrevivido a una horda de zombis hambrientos, había un ser que volvería cualquier deseo realidad.

Bastaba con que una persona en el mundo lo

creyese para que fuese a buscarle y, una vez le encontrase, la voz se correría cada vez más rápido. Ni siquiera sus amigos, esos chicos felices que disparaban con una escopeta de Wii, podrían enfrentarse al mundo entero por él.

De hecho, pedirlo le convertiría en el ser más egoísta de la galaxia. Por eso lloraba a medida que uno tras otro los zombis morían, porque cuando el último de ello se fuese y estuviese seguro de que todos iban a estar bien, se marcharía.

Una musiquilla extraña rompió aquel extraño momento. *Katy Perry* cantaba *Firework* con toda la emoción que podía cuando Antón miró su móvil.

—Un segundo, es mi madre —pidió, pasándole el rifle a Pablo, que siguió disparando muy ilusionado—. Sí, mamá, dime.

Guardó silencio. Incluso cuando colgó, lo único que hizo fue fijar su mirada en Hamid hasta que avanzó con violencia al encuentro del genio como si fuese a matarlo, o eso pensaron todos.

—Gracias, muchísimas gracias —musitó Antón entre lágrimas, abrazando al genio con todas sus fuerzas—. Gracias por devolverme a mi padre.

18

—Pero ya te quiere hasta Antón —protestó Lorenzo mientras veía cómo el genio recogía las cosas en su cuarto—. ¿Por qué no nos das la oportunidad? Te aseguro que será más fácil a partir de ahora.

—No, no lo será —contestó Hamid con un suspiro— Sé de lo que hablo. Créeme cuando te digo que esto es lo mejor para todos.

Puede que fuese cierto, pero verle recoger sus cosas para irse y no volver le rompía el corazón.

—¿No podemos hacer nada? —preguntó Lorenzo con tristeza.

Hamid no quería levantar la cabeza. No quería enfrentar su mirada a la de su amigo, porque si lo hacía se derrumbaría, se echaría a llorar y pensaría en quedarse más tiempo. Y eso nunca era una buena idea.

Le habían descubierto, sabían lo que era y ahora... ahora tenía que irse de allí corriendo.

—No podéis hacer nada —contestó con un tono serio.

—Pero nadie te ha amenazado, nadie se ha hecho daño...

La manera en que le miró el genio estaba llena de una sabiduría y un dolor que no se curaría.

—Lo harán.

—Pero...

—Y si no lo hacen, pedirán deseos. Algunos inofensivos y otros terribles. —Miró a los ojos de su amigo con dureza—. No querrás ver lo que va a pasar a partir de ahora.

—No quiero que te vayas.

La súplica se clavó en lo más hondo del alma del genio. Aquella era la primera vez que alguien le pedía quedarse por quién era y no por lo que era.

—No quiero irme —confesó—. Pero si no lo hago ya, pasarán cosas malas. Cosas muy malas que no querrás que pasen.

—Podemos impedirlo. Como lo de los zombis. Seguro que hay algo que podamos hacer si luchamos juntos.

Las lágrimas recorrían la cara del muchacho sin cuartel. No sabía que más decir, qué más hacer. Así que se quedó en silencio mirando cómo Hamid recogía sus cosas. Se iba a ir. Se iba a ir porque era tan estúpido que su plan le había dejado al descubierto.

—Lo siento —murmuró Lorenzo con una voz tan destrozada como sus sentimientos—. Todo esto ha sido culpa mía; si yo no hubiese dicho nada... si tan solo hubiese sido más inteligente...

—No hay nada que sentir. —El genio clavó sus ojos verdes sin una pizca de reproche—. Me has dado algo con lo que llevo siglos soñando.

—Pero yo...

Hamid le cortó poniendo su mano sobre la boca del chico.

—Solo querías ayudar. No tengo ningún reproche hacía alguien a quien me atrevo a llamar mi auténtico amigo.

Aquella declaración dejó sin palabras al adolescente, que sentía cómo su interior se rompía en pedazos muy pequeños.

A lo mejor si alegaba algo, o si era capaz de decir la frase perfecta, las palabras justas para arreglar todo aquel desbarajuste y seguir juntos como habían estado hasta ahora... A lo mejor entonces tendrían una oportunidad. Pero su cerebro no colaboraba. En lo único que le permitía pensar era en que lo había estropeado todo condenando, en el proceso, a un buen chico a un exilio que no se merecía.

—Me voy —sentenció Hamid cuando terminó de recoger sus cosas—. Ha sido todo un placer conocerte señor Lorenzo García Reyes. —Intentó dar a aquel *señor* una entonación chistosa mientras le ofrecía su mano derecha en señal de amistad.

Su amigo se quedó mirando aquella muestra de afecto como si dudase en aceptarla. Él no era merecedor de un gesto tan noble después de lo que había pasado.

—Quédate —suplicó.

Por la mueca que puso Hamid, estaba experimentando el mismo dolor que tenía Lorenzo.

—No puedo —confesó—. Conozco esta historia y a partir de este momento se estropeará.

—Yo no quería...

—Lo sé —le interrumpió el genio abrazándole como si fuesen hermanos—. Pero ahora no nos queda otra opción que adaptarnos a lo que toca vivir.

—No quiero que te vayas.

—No quiero irme. —Hizo una pausa mirando al suelo antes de encontrar el valor de alejar a su amigo con suavidad—. Pero debo hacerlo.

Contra aquella obligación había poco que se pudiese decir. La firmeza con la que el genio hablaba no era algo que se pudiese debatir, y en el fondo, aunque no quería reconocérselo, Lorenzo sabía que era lo mejor.

—Te extrañaré —Sin pensar, se abalanzó sobre su

amigo y le volvió a abrazar con ganas—. Te echaré de menos cada día.

A pesar de todos los milenios de existencia, nunca nadie le había abrazado. Nadie había llorado ni con él, ni por él. En todos esos siglos nadie le había roto el corazón por amor.

—Eres el mejor amigo que nadie podría desear, Lorenzo. La mejor persona que nunca he conocido y te doy las gracias por ello.

Cuando se separó, Lorenzo se llevó la manga del jersey para enjuagarse las lágrimas que resbalaban por su cara.

—¿A dónde irás?

—No lo sé. Tampoco puedo decírtelo.

Aquello era lo peor de todo. El mundo era demasiado grande como para ir a buscarle sin una dirección, sobre todo si nadie la tenía.

Ni siquiera las palabras servían ya. Aquel era un momento demasiado duro para retenerlo más tiempo y, aunque dolía con una profundidad que no tenía fin, debían terminar con eso.

Lorenzo se alejó de su amigo para darle el espacio que necesitaba y Hamid, entendiendo el mensaje, comenzó a andar hacia la puerta.

Podía haberse limitado a chasquear sus dedos y desaparecer como siempre hacía, pero faltaba una cosa en su agenda que quería hacer y necesitaba reunir toda su fuerza de voluntad para decirlo.

Agarró el pomo de la puerta y respiró hondo antes de continuar.

—No has pedido nada —le informó—. Puedo concederte cualquier deseo con el que sueñes.

—Te prometí que no lo haría. Los amigos siempre

cumplen su palabra.

El genio agarró aún más fuerte el pomo, como si necesitase sujetarse para no caer al suelo derrotado mientras suplicaba que le dejasen quedarse.

—Te concederé cualquier cosa que necesites. Por favor, pídeme algo.

—¿Y si pidiese que fueses normal? ¿Que fueses humano?

Hamid arrugó la nariz.

—No hagas eso, me gusta lo que soy. No me lo arrebates.

—¿Y si te pido que no cumplas nunca más los deseos de la gente?

—No podría hacerlo. Ni siquiera yo tengo el poder para romper la maldición.

—Entonces no quiero nada. No pienso usarte como lo demás.

Al darse la vuelta, los ojos verdes de Hamid le miraron suplicantes.

—Pide algo, lo que sea. Necesito darte algo por el regalo de tu amistad.

—Si lo hiciese ya no sería un regalo. —La manera en que la cara de su compañero se transfiguró por el dolor le rompió el corazón. Suspiró agotado ante el cúmulo de emociones que tenía—. Está bien. ¿Qué quieres que diga?

—Es tu deseo.

Esta vez, cuando Lorenzo suspiró, cerró los ojos imaginando qué era lo que podría pedir. El dinero era algo que necesitaría a lo largo de su vida pero que se podía conseguir trabajando, la fuerza solo requería entrenamiento para poseerla, no deseaba ser inmortal ni tener éxito en ningún campo que no se mereciese por su esfuerzo. Si tenía un deseo en su mente, solo era para una cosa.

—Deseo que mi madre, esté donde esté, sea absolutamente feliz.

—Hecho —concedió Hamid con un chasquido de sus dedos.

Luego, abriendo la puerta, salió sin decir adiós siquiera. Sonrió con tristeza ante el sabor a vainilla envuelta en retazos de chocolate que se deslizaba por su garganta mientras sus ojos no dejaban de llorar sin parar. Abrió y cerró sus manos mientras, sin saber por qué, se volvían etéreas y empezó a brillar como si su cuerpo estuviese formado por un millón de estrellas.

—Adiós, Lorenzo; y gracias.

Ni siquiera necesitó chasquear sus dedos cuando su cuerpo creció en altura y musculación como el de un adulto. Sus rasgos se definieron con ternura mientras su forma física desaparecía de aquel lugar para siempre.

Para cuando su amigo abrió la puerta en su busca, él ya no estaba.

Epílogo

Lorenzo cerró la puerta y se dejó caer al suelo mientras lloraba sin parar. Se había ido. Se había marchado. Una parte de él no quería creer que aquello fuese posible. No quería pensar que Hamid no volvería. Aun así sabía que eso era lo que había ocurrido.

A partir de ahora la vida volvería a ser algo tan aburrido y monótono como antes de conocerle.

—¡Deseo que te quedes! —gritó como si aún pudiese oírle—. ¡Quiero que te quedes para siempre!

El llanto quedó congelado cuando en ese momento llamaron a la puerta tres veces.

Con el corazón en un puño, Lorenzo se levantó a toda velocidad.

—Sabía que no me fallarías —comentó feliz pasándose la manga por la nariz para limpiarse—. Sabía que no podrías dejarme solo...

Al abrir la puerta se quedó en silencio. Frente a él, en lugar de Hamid, había una mujer de unos cuarenta años, morena y con una sonrisa confusa en la cara.

—¿Lorenzo? —preguntó dubitativa.

Se quedó callada cuando vio que los nervios le poblaban los ojos de lágrimas.

—Soy yo —confirmó, como si no creyese lo que veía.

La mujer se mordió el labio inferior intentando no abalanzarse sobre el muchacho.

—No sé lo que ha pasado, tengo la mente algo confusa... —La mujer se rió de manera dulce, mientras se frotaba ambos brazos para darse valor como si estuviese abrazándose a sí misma—... Yo...

—¡Mamá! —exclamó Lorenzo lanzándose hacia ella—. ¿Cómo es posible?

Aquel no había sido su deseo. Él no quería abusar del genio, tan solo que su madre estuviese bien y ahora ella estaba allí...

Sin poderse contener ni un momento más, la mujer abrazó a su hijo apretándole contra su pecho como si temiese volver a perderle.

—Nunca te dejaré solo —prometió—. Cuando caí del barco estuve perdida durante mucho tiempo, pero sabía que solo sería feliz si volvía a tu lado.

Con un movimiento de su mano derecha, Hamid tapó la imagen del espejo para darles algo de intimidad.

Nunca sabía qué es lo que ocurriría cuando

alguien pedía un deseo, pero en esta ocasión había deseado con todas sus fuerzas hacerlo lo mejor posible.

En aquella dimensión en la que estaba todo resplandecía. Gran parte de ese brillo se debía a que sus congéneres miraban en diferentes espejos, partes del planeta donde llenaban la tierra de magia y de historias. Lo hacían mientras aguardaban a que los más niños, los genios que aún no habían evolucionado, llegasen junto a ellos convertidos en adultos.

Ahora su vida era diferente. Nunca más estaría solo y se encargaría de que la buena gente de la tierra, personas como Lorenzo, Mara, Jorge y sus demás compañeros, nunca más dudasen de que había alguien cuidando de ellos y de la magia que existía.

Printed in Great Britain
by Amazon